Quarantäne

Rüdiger Schneider

Quarantäne

Erzählung

Bibliografische Information der Deutschen Nationalbibliothek: Die Deutsche Nationalbibliothek verzeichnet diese Publikation in der Deutschen Nationalbibliografie; detaillierte bibliografische Daten sind im Internet über http://dnb.d-nb.de abrufbar.

© 2021 Rüdiger Schneider
Coverfoto: shutterstock 1709689642

ISBN: 9783752670394

Herstellung und Verlag: BoD - Books on Demand, Norderstedt

Handlung und Personen sind frei erfunden, etwaige Ähnlichkeiten rein zufällig.

Vorbemerkung

Der Erzähler in dieser Geschichte ist ein Freund und Nachbar von Roberto, der zusammen mit seiner brasilianischen Lebensgefährtin Marly im Mittelpunkt der Geschichte steht. Roberto heißt eigentlich Robert. Ein typisch germanischer Name. Er will aber lieber Roberto genannt werden. Das ist etwas melodischer, im Rhythmus musikalischer, weil es dreisilbig ist.

Man verwechsle bitte nicht den Autor mit dem Erzähler. Goethe zum Beispiel hat in seinem Briefroman den Werther sich erschießen lassen. Er selbst hat es nicht getan.

Die Erzählung beginnt am 4. November 2020, also zwei Tage nach dem zweiten deutschen Corona-Lockdown, dem die Beiden entkommen wollen. Das Reisen ist da schon bedrohlich eingeschränkt, der Bürger mehr und mehr eingesperrt worden.

Rüdiger Schneider, Bad Breisig im Februar 2021

1

Mit beginnender Dunkelheit, am 4. November, brachte ich Marly und Roberto zum Bad Breisiger Bahnhof. Bad Breisig liegt am Rhein, so etwa in der Mitte zwischen Bonn und Koblenz. Zum Bahnhof sind es von meiner und Robertos Wohnung nur anderthalb Kilometer. Wir fuhren von der Parkstraße die Waldstraße hinunter, kamen am Römerbad vorbei, passierten kurz vor dem Bahnhof die Tennishalle, die seit dem Lockdown vom 2. November geschlossen war.

„So ein Unfug!" schimpfte Roberto. „Da verbieten sie einem sogar das Tennisspielen. Zu zweit nebeneinander joggen darf man noch. Tennisspielen im Abstand von dreißig Metern nicht mehr. Hier regiert der nackte Wahnsinn. Aber was soll es. Die Schläger sind im Gepäck. Bei den Jangadeiros in Porto Alegre sind wir schon angemeldet und werden da weiterspielen. Die Brasilianer haben keinen Lockdown. Der Präsident ist nicht so verrückt wie die Regierung bei uns."

„Noch seid ihr nicht da", wandte ich ein. „Auch das Reisen soll unterbunden werden. Na ja, jedenfalls soll es so unangenehm gemacht werden, dass man lieber zu Hause bleibt. Hat die Frau Kanzlerin jedenfalls gesagt."

„Ich weiß", meinte Roberto. „Wir fliegen von Amsterdam. Die Holländer könnten uns an der Grenze abfangen und zurückschicken. Wir haben noch nicht das Ergebnis von unserem Corona-Test. Haben wir am 2. November gemacht und soll uns online zugeschickt werden. Aber wenigstens haben wir einen triftigen Grund, den wir angeben können."

„So? Was denn?"

Roberto grinste schelmisch. „Eine Fälschung. Ich habe einen Vater erfunden, der nach Brasilien ausgewandert ist. Am 8. November ist in Porto Alegre in der Kapelle eines Cemitérios die Beisetzung der Urne. Man wird dem Sohn doch nicht verwehren, dass er dabei ist."

„Fälschung? Wie denn?" Ich kannte Roberto gut genug und wusste, zu welchen Schelmereien er fähig war.

„Ich habe eine Trauerkarte drucken lassen. Sieht perfekt aus."

„Ist aber kein Beweismittel."

„Ich werde ein trauriges Gesicht aufsetzen. Auch Grenzbeamte haben Gefühle. Außerdem durchqueren wir die

Niederlande als Transitreisende. Direkt in ein Amsterdamer Hotel am Flughafen Schiphol und dann am nächsten Morgen mit KLM nach São Paulo."

„Ich drücke euch die Daumen. Wie lange wollt ihr bleiben?"

„Zunächst bekomme ich in São Paulo ein Visum für drei Monate. Das kann man noch einmal um drei Monate verlängern. Und wenn nicht, fahren wir von Porto Alegre nach Uruguay oder Argentinien. Ist nicht weit. Porto Alegre liegt im südlichen Brasilien, im Länderdreieck. Wir bleiben eine Nacht in Montevideo und fahren dann nach Brasilien zurück. Marly hat als Brasilianerin sowieso keine Schwierigkeiten. Gott sei Dank hat sie ein Haus am Rio Guaíba. Der Jeep steht in der Garage. Wir bleiben so lange weg, bis der Spuk in Deutschland vorbei ist."

„Da müsst ihr vielleicht lange wegbleiben."

„Möglich. Die Deutschen lassen sich ja alles gefallen. Täglich werden sie mit den Zahlen des RKI eingeschüchtert. So als würde wie im Mittelalter die Pest wüten. Ich kann dir übrigens eine interessante Lektüre empfehlen. Albert Camus, ‚Die

Pest'. Spielt in der Neuzeit. Da wird eine ganze Stadt in die Quarantäne geschickt."

Roberto las viel. Am liebsten Friedrich Schiller. Beim ersten Lockdown vom März hatte er bemerkt: „Schiller würde sich im Grabe herumdrehen, sich fragen: Wozu habe ich den ‚Tell' geschrieben, einen Tyrannen erledigen lassen? Die Deutschen lassen sich alles gefallen, lassen einfach zu, dass das Grundgesetz ausgehebelt wird und ihnen Würde und Freiheit genommen werden. Sie haben ihre Kultur vergessen, die Ideen der Humanität und der Aufklärung. Konsumtrottel sind sie geworden. Solange der Supermarkt geöffnet bleibt, kannst du als Regierung mit ihnen machen, was du willst. Und auch die Kirche lässt sich alles gefallen. Singen verboten, Weihwasserkessel leer."

Man hätte Roberto einen Verschwörungstheoretiker nennen können. Aber das war er nicht. Er kannte sich nur aus mit den so entgegen gesetzten Einschätzungen der Virologen und Epidemiologen. Die einen, wie etwa der Professor Bhakdi, sagten: „Es ist wie eine Grippe." Die anderen, auf die die Regierung hörte, machten Druck und Panik, bombardierten einen mit

Schreckensmeldungen und täglichen Zahlen der Neuinfektionen und der Verstorbenen. Zahlen, denen jede Differenzierung fehlte, weil es nur hieß ‚mit oder an Corona'. Auch eine soziologische Unterscheidung fehlte. Welche Altersgruppe zum Beispiel? Und einmal hatte Roberto halb im Scherz gemeint: „Vielleicht werden Alkoholiker verschont. Was außen zur Desinfektion hilft, kann auch innen eingenommen werden."

Wütend war er über die Medien, die einen mit ausgesuchten Schreckensbildern fütterten. Und auch mit Falschmeldungen. Im März hatte er einmal an einer Demonstration in Koblenz teilgenommen. Friedlich war sie verlaufen. Aber ein Fernsehsender behauptete, es hätte Gewalt und Verhaftungen gegeben. Nichts davon, wie Roberto sagte, stimmte. „Ich war vom Anfang bis zum Ende dabei. Die Regierung mit den gleichgeschalteten Medien nimmt dem Menschen die Freiheit, ruiniert Existenzen, vernichtet die Würde. Der Sohn darf seinen sterbenden Vater nicht besuchen, der Mann seine Frau nicht im Pflegeheim. Demokratie? Oh, nein!

Mein Lieber, wir stecken mitten in einer Gesinnungs- und Gesundheitsdiktatur."

Einen Satz aus Bhakdis Buch las er mir vor: „'Wenn man der Bevölkerung Angst macht, kann man alles mit ihr machen.' So ist das hier. Ich habe das Buch mehreren Bekannten empfohlen. Aber sie wollten es nicht lesen. Sie lassen sich lieber von der Regierung verarschen. Wir hatten einmal Kanzler von ethischem Format, echte Persönlichkeiten. Adenauer, Brandt, Schmidt. Schmidt hat einmal gesagt: ,Regierungen können auch furchtbar dumm sein.' So oder so ähnlich hat er es gesagt."

Er hatte mir das Buch nach dem ersten Lockdown einmal geliehen. Es heißt ,Corona Fehlalarm?'. Ich las es. Ich las es in einem durch. Es machte mich nachdenklich und betroffen. Es belegte, wie wir mit den Zahlen manipuliert und beschwindelt wurden. Ein Satz ist mir besonders in Erinnerung: „Wer sich da nicht an eine Diktatur erinnert fühlt, hat im Geschichtsunterricht geschlafen."

Worum ging es bei dieser Erinnerung? Um Willkür, Massenhysterie, Verschlei- erung, Zensur, Diffamierung, Denun- ziantentum, Gleichschaltung der Medien,

Einschränkung der Grundrechte. Das hatten wir doch vor 90 Jahren schon einmal erlebt. Oder nicht?

Einmal fragte mich Roberto: „Wusstest du eigentlich, dass das RKI, das sich so mit Alarmmeldungen hervortut, eine Institution der Bundesregierung ist? Die sind abhängig. Der Knecht verkündet, was der Herr will."

Nein, wusste ich nicht.

„Das ist", fuhr Roberto fort, „wie das Tochterunternehmen einer Firma, die sich von ihrem abhängigen Zweig Qualitätsurteile für ihre Produkte schreiben lässt. Bei uns fehlt völlig die Durchleuchtung dessen, was sich hinter der Bühne tut. Vorne wird mit Masken Theater gemacht und Backstage sieht man die wahren Gesichter. Übrigens ist der Direktor des RKI ein Tierarzt. Sein Chefvirologe, auf den die Mutti hört, ist kein Epidemiologe. Das heißt, er hat keine Ahnung vom Verlauf einer Epidemie. Hat man zum Beispiel bei der Schweinegrippe gesehen. Die war völlig harmlos, aber man hat Millionen Euro für die Produktion eines Impfstoffes ausgegeben. Und unser Gesundheitsminister ist ein Bank-kaufmann. Hinzu kommen noch ein bayrischer Scharfmacher und ein angeblicher Gesundheitsexperte von der SPD. Von diesen Leuten lassen wir uns die Freiheit nehmen."

Am Bahnsteig in Bad Breisig wartete ich mit den Beiden auf den Regionalexpress. Umsteigen in Düsseldorf, dann mit dem IC über Arnheim und Utrecht nach Amsterdam. Der kritische Punkt war die Grenze zu den Niederlanden. Würden sie, weil das Testergebnis noch fehlte, zurückgeschickt werden? Ich hätte nichts dagegen. Es war nicht nur die Gesellschaft Robertos, die mir fehlen würde. Es war auch der Charme, das Temperament, die Warmherzigkeit seiner schönen Brasilianerin, um die ich Roberto insgeheim beneidete. Bei mir selbst war gerade eine Beziehung in die Brüche gegangen und ich fühlte mich einsam. Der Lockdown würde das noch verstärken. Mit Marly hatte Roberto im fortgeschrittenen Alter, im Herbst des Lebens, großes Glück gehabt. Irgendwie war sie anders als die deutschen Frauen, die ich kannte. Sie war eine Amazonasindianerin, schlank, hoch-gewachsen, fast so groß wie Roberto. Auf der rechten Schulter, was man an warmen Sommertagen sehen konnte, hatte sie ein

14

Tattoo, einen Schmetterling in zartem Blau, einen Morpho Athena. Man möge sich unter Indianerin bitte nichts Naives oder Primitives vorstellen. Marly war perfekt viersprachig. Portugiesisch, Spanisch, Englisch, Deutsch. Drei Reisepässe hatte sie. Den brasilianischen, den deutschen und den von Venezuela. Sie hatte in Südamerika für verschiedene Baukonzerne als Pilotin gearbeitet, die Ingenieure zu den Baustellen geflogen. Dabei hatte sie einen deutschen Ingenieur kennengelernt und geheiratet. Ihr Mann, der fünfzehn Jahre älter war, war vor vier Jahren gestorben. Vor zwei Jahren hatte sie Roberto in Köln kennengelernt. Eine Begegnung des Zufalls oder auch des Schicksals. Amor schießt seine Pfeile unkontrolliert. Beide waren in Köln in einen IC gestiegen. Roberto hatte ihr geholfen, das Tragen des schweren Koffers übernommen und sich dann zu ihr gesetzt. Marly fuhr zum Frankfurter Flughafen. Roberto musste in Remagen umsteigen. Sie haben Telefonnummern ausgetauscht. Als sie nach fünf Monaten aus Brasilien zurückkam, hat sie sich bei Roberto gemeldet. Es hatte mächtig gefunkt. „Kein

Blatt Papier passt mehr zwischen uns", hatte Marly mir einmal gesagt.

„Wenn der Lockdown Anfang Dezember aufgehoben wird", meinte ich zu Roberto, „komme ich nach. Marly hat doch gewiss nette Freundinnen."

„Hat sie. Wir werden dir Fotos schicken."

Ich sah zu, wie die Beiden in den Zug stiegen, sah dem Zug nach, der in der Dunkelheit verschwand. Ich fuhr zurück in meine Wohnung, ging auf den Balkon, rauchte, öffnete eine Flasche Burgunder und blickte auf eine stille, leblose Umgebung, blickte auch auf den Friedhof, der nur ein paar hundert Meter entfernt war.

2

Oh ja, als ich in die stille, so leblose Umgebung sah, erinnerte ich mich an eine Begebenheit vom März, vielleicht war es auch schon April. Ich war bei Roberto und er war zornig. Das war beim ersten Lockdown. Er schlug das Grundgesetz auf, die 19. Auflage 2020. Er las vor aus dem Kapitel der Grundrechte. „Artikel 1: Die

Würde des Menschen ist unantastbar. Sie zu achten und zu schützen ist Verpflichtung aller staatlichen Gewalt. Artikel 2: Die Freiheit der Person ist unverletzlich."

„So", meinte er. „Es muss doch jedem selbst überlassen sein, ob er eine Maske tragen will oder nicht. Wer an sie glaubt, trägt sie. Ist jemand sehr ängstlich, bleibt er zu Hause. Verbietet niemand. Aber kann man ein ganzes Volk in Sippenhaft nehmen?"

Und dann ging er zu einem seiner Bücherregale, zog einen Band mit Schillers Werken heraus, blätterte.

„Ach ja, da ist er, der ‚Tell'. Großartig, dieser Schiller. Er begann vorzulesen: ‚Das Haus der Freiheit hat uns Gott gegründet.'

„Was ist mit Gott?" fragte er. „Kennen wir den noch? Haben wir noch Sehnsucht nach dem Spirituellen? Stecken wir nicht mitten in einem fürchterlichen Materialismus, im Nihilismus? Aber ja. Genau dahinein sind wir geraten. Sein, gewesen sein. Aus."

Und dann fragte er: „Kennst du die Geschichte mit dem Hut? Steht in Schillers ‚Wilhelm Tell'."

„Ich erinnere mich nicht mehr genau", antwortete ich. „Was ist damit?"

„Der Tyrann, der Landvogt Gessler, lässt, um den Gehorsam zu überprüfen, auf einer Stange einen Hut aufrichten, dem man Ehrerbietung und Gehorsam zu zeigen hat. Warte. Ich lese dir die Stelle vor."

Roberto blätterte ein paar Seiten weiter. „Ach ja, da ist es. Da ist die Stelle: ‚Und dieses ist des Landvogts Will' und Meinung. Dem Hut soll gleiche Ehre wie ihm selbst geschehen. Man soll ihn mit gebognem Knie und mit entblößtem Haupt verehren. Daran will ich die Gehorsamen erkennen. Bestraft wird, wer das Gebot verachtet. Den kecken Geist der Freiheit will ich beugen.'"

Roberto schlug das Buch zu und fuhr fort: „Siehst du, der Hut entspricht der Maske. Die Maske ist ein Maulkorb, der den Atem nimmt. Das Virus ist winzig. Die Maske großmaschig. Stell dir das Virus als Erbse vor. Dann öffne ein großes Terrassenfenster und wirf die Erbse hindurch. So ist das mit der Maske und dem angeblichen Schutz. Die ganze Nummer ist eine elende Gehorsamsübung. Man erkennt die Gesichter nicht mehr. Das

Volk wird zu einer einheitlichen Masse. Sieht man noch ein Lächeln im Gesicht, eine Regung? Nein. Wer die Maske nicht aufhat, wird gemaßregelt, mit einer Strafe belegt. Abscheulich! Geh mal ohne Maske einkaufen! Das ist ein Spießrutenlaufen. Vorwurfsvolle Blicke. Und immer wieder wirst du angesprochen: ‚Sie müssen eine Maske tragen!' Der Bürger wird zum Aufpasser, zum Denunzianten. Social Distancing. Die Menschen werden zum Abstand verpflichtet, meiden sich, so als trüge jeder die Pest in sich. Der andere wird zu einer Gefahr, zu einem Feind, um den ich einen Bogen zu machen habe. Man darf sich nicht mehr die Hand geben, sich höchstens noch mit der Faust berühren und am besten gar nicht mehr. Wie albern, wie demütigend, wie den Menschen verachtend! Demnächst heißt es noch: Bevor Sie mit Ihrer Frau schlafen, lassen Sie sie testen!"

„Du übertreibst", wandte ich ein.

„Mag sein", gestand er mir zu. „Aber du wirst sehen, wohin das Spiel noch geht."

Daran dachte ich, als ich abends am 4. November auf dem Balkon stand. Ich hatte die Hoffnung, dass der neue, der zweite

Lockdown bald beendet sein würde. Im Nachhinein weiß ich, dass es ganz anders kam. Der Lockdown wurde immer wieder verlängert, die Maßnahmen und Auflagen schärfer, rigider. Und dann war es nicht mehr nur Covid-19. Es tauchten Mutanten auf. B.1.1.7, B.1.351, B.1.1.28, P.1., E484K, N501Y,K417N. Kryptische Bezeichnungen, mit denen man die Bürger noch mehr ängstigte. Und nach den Mutanten kamen die Kombimutanten und Turboviren. Die Mutanten sollten angeblich über die Eigenschaft ‚Immun-Escape' verfügen, das heißt, sie entwischen der Immunantwort des Körpers. Behaupten jedenfalls die Virologen.

Wir wurden von Virologen und Politikern tyrannisiert. Die ganze Welt war aus den Fugen.

3

Bei den Affen unterscheidet man drei Daseinsformen. Es gibt die Affen, die frei durch den Urwald turnen. Weiter die Affen, die in geselliger Runde im Zoo beisammensitzen. Und dann gibt es die Affen, wo die Affenmutter sagt: „Bleibt still auf eurem Ast sitzen, Kinder, seid brav und rückt vor allem nicht zu dicht zusammen."

Eine solche Daseinsform gibt es bei den Affen natürlich nicht. Die gibt es nur beim Menschen. Dieser dritten, untersten Stufe fühlte ich mich mehr und mehr zugehörig. Bei miesem Novemberwetter war alles verboten, was Spaß machte. Ich konnte nicht mehr Tennis spielen, auch kein Poolbillard mehr und die Treffen im Schachverein waren untersagt. Ebenso auch das Herumturnen, ich meine das Reisen. Gastronomie und Geschäfte waren geschlossen. Man durfte nur noch den Apotheker besuchen und den Supermarkt. Und natürlich die Tankstelle, weil das Automobil heilig war. Es waren Besuche, die wenig Freude bereiteten, weil alle maskiert und missmutig herumliefen. Versuchte man ein freundliches Lächeln, das man wegen der Maske allerdings nicht sehen konnte, und wollte jemanden ansprechen, erntete man einen vorwurfsvollen Blick und eine abwehrende Handbewegung.

Aber das Social Distancing hatte auch große Vorteile. Home Office war auf dem Vormarsch. Jetzt konnte man während der

Arbeit trinken. Riesling zum Risotto, Cognac zum Kuchen und wer in den Tag mit Wodka startete, hatte nicht zu befürchten, dass der Chef die Fahne roch. Eine Nation, die eh schon viel trank, konnte noch besser loslegen. Ich will nur sagen: Es gab also nicht nur Verdruss.

Dass die Digitalisierung noch weiter vorangetrieben werden sollte, hieß nichts anderes, als dass Entpersönlichung, Überwachung, Regulierung, Manipulation weiter fortschritten. Roberto hatte dazu einmal bemerkt: „Ich beneide die Indianer. Wenn die etwas zu sagen hatten, setzten sie sich aufs Pferd, ritten durch die Prärie zu einem anderen Stamm und sprachen unter vier Augen."

Ach ja, Roberto. Am 5. November, also an dem Tag, an dem die Beiden abfliegen wollten, ging ich öfter auf den Balkon in der Hoffnung, sie würden zurückkommen. Aber sie kamen nicht. Stattdessen kam am 6. November eine SMS: „Sind gut angekommen in Porto Alegre. Sonne, 28 Grad, kein Lockdown." Roberto hatte zwei Fotos mitgeschickt. Das eine zeigte ein wunderschönes Haus, eine luxuriöse Villa im spanischen Stil. Das andere den Blick von der Terrasse mit Swimmingpool auf den Rio Guaíba. Der Blick auf den Fluss war wie der Blick auf ein Meer. Denn wie Roberto später schrieb, war der Rio Guaíba hier fünf Kilometer breit und das Auge erfreute sich an einem weiten Horizont.

„Ich will Dich nicht neidisch machen", schrieb Roberto, „sondern nur zeigen, dass man in der Corona-Zeit auch ohne Lockdown leben kann. Die Brasilianer schaffen das. Social Distancing kann man mit den Latinos sowieso nicht machen. Porto Alegre liegt im Süden, in der Provinz Rio Grande do Sul. Auf der Corona-Karte ist die Provinz übrigens blau und kein hochrotes Risikogebiet. Ich sage das, weil ihr Deutschen meint, in Brasilien würden die Leute sterben wie die Fliegen. Kritisch ist nur das weit entfernte Manaus am Amazonas. Wenn ihr bei Brasilien mit Infektionszahlen und Toten kommt und die Leute erschreckt, bedenkt bitte, dass Brasilien fast so groß ist wie Europa und dass es dreimal so viel Einwohner hat wie Deutschland. Relativiert die Infektions- zahlen also und hört auf, Vorurteile zu schüren. Du musst keine Bedenken haben. Du bist herzlich willkommen. Marlys Haus hat vier Bäder und viele Zimmer. Du kannst dir eins aussuchen mit Balkon und

Blick auf den Rio Guaíba. Zwischen den Palmen fliegen grüne Sittiche und um die Blüten im Garten tanzen Schmetterlinge und schwirren Kolibris. Die Abende sind herrlich warm, die Sonnenuntergänge großartig. In der Dunkelheit erstrahlt der Himmel mit Sternen und du siehst endlich einmal das Kreuz des Südens. Man kann in der Badehose draußen sitzen, ein leckeres Bier trinken, Sekt oder Caipirinha und auch noch ganz andere Dinge machen, von denen ich dir später vielleicht erzählen werde. Auch Marly grüßt dich herzlich."

4

Mit Roberto stand ich immer in Verbindung, telefonisch und schriftlich über WhatsApp, und einmal kam auch ein längerer Brief. Die Fotos, die er schickte, standen in einem irren Kontrast zu den Verhältnissen, in denen ich steckte. Lügnerisch nannte man diese Verhältnisse ‚Lockdown light'. Ich weiß, der richtige Ausdruck für diese sprachliche Betrügerei wäre ‚euphemistisch'. Euphemismen, die den realen Zustand verschleiern und schönreden, gab es viele. So wie man etwa eine Müllhalde als ‚Entsorgungspark‘ bezeichnet oder ein elendes Altersheim als ‚Seniorenresidenz‘. Die Residenz bekommt dann auch noch einen wohlklingenden Namen. ‚Rosenstolz‘ etwa oder ‚Frühlingsheim‘, obwohl die Bewohner dem Tod schon ins Auge sehen.

Wie ich an den Fotos und auch Videos, die Roberto schickte, erkennen konnte, hatte seine Umgebung keine euphemistische Bezeichnung. ‚Cetimo Ceu‘, siebter Himmel, nannte sich der südliche Bezirk von Porto Alegre. Und das stimmte wahrhaftig. Bei einem Panoramavideo sah ich diesen wunderbaren Ausblick auf den Rio Guaíba. Diese wohltuende, befreiende Weite, dieser tiefblaue Himmel mit dem starken Licht. Und dann die Palmen, Araukarien und Hibiskussträucher in Marlys Garten und auch auf der Terrasse. Überall ein Meer explodierender Blüten. In Rot, leuchtendem Gelb, in Weiß, in Blau und in Orange. Über den Blüten Schmetterlinge und Kolibris, zwischen den Palmen und den Araukarien flogen Smaragdsittiche hin und her und über dem Rio Guaíba schwebte in majestätischer Eleganz mit ausgebreiteten Schwingen der Gaviau, der fast die Größe des Kondors erreicht.

Roberto schickte auch Fotos von sich. Mit einem Glas Sekt stand er am Rand des Swimmingpools, mit einem Glas Wein lag er in der Hängematte, bei einer Tasse Kaffee saß er unter dem Palmendach des Club Nautico, mit einer Flasche Polarbier vor einer einfachen Imbissbude. Es kamen auch Fotos von den Stränden, von Torres und Santa Catarina. Und auch Bilder von der wilden Landschaft der Sierra Gaúcho mit den Wasserfällen und den tropischen Wäldern. Und immer wieder, so als wolle er mich quälen oder nach Brasilien locken, auch Fotos oder Videos von den zahlreichen Grillpartys mit Marlys Freundinnen und Freunden. Die Freundinnen waren verdammt hübsch, temperamentvoll, ja erotisch. Bei mancher fragte ich nach: „Ist sie noch frei?" Etwa bei Kitty, Giovanna oder Miriam. Roberto hatte für diese Schönheit einen besonderen Ausdruck. ‚Elektrisierende Femininität' nannte er das. So kleideten sie sich auch und sie hatten einen herausfordernden Gang, als sei die Welt ein Laufsteg. Oft sah man auch wunderschöne Tattoos, so als müsse man das Leben nicht nur mit der

Kleidung feiern, sondern auch auf der Haut.

Ab und zu, gestand er mir, rauchen wir Makonja, Marihuana. „Ich verstehe gar nicht", schrieb er, „warum das in Deutschland verboten ist. Die Welt wird federleicht und lustig. Ein Block Marihuana von 50 Gramm kostet nur 200 Reals, das sind etwa 30 Euro. Da hast du für mehrere Wochen etwas zum Rauchen. Und danach hast du auch noch im allerhöchsten Alter die pure Lust auf Sex. Das ist im Swimmingpool besonders schön."

Ich beneidete ihn auch um das Tennisspielen, das bei mir verboten war. Die Außenplätze des TC Blau-Weiß lagen verwaist. Die Tennishalle daneben war geschlossen. Mit den Jangadeiros von Porto Alegre spielte Roberto zweimal die Woche Tennis und einmal mit Marly.

„Die Brasilianer sind gastfreundlich, herzlich", schrieb er. „Es ist eine völlig andere Atmosphäre als in Deutschland. Lebendig, temperamentvoll, tolerant. Social Distancing wegen Corona? Nein! Bei der Begrüßung umarmt man sich. Das wirst du in Deutschland während der

Coronazeit nie erleben. Und sonst wohl auch nicht."

Einmal wandte ich bei einem Telefonat ein: „Ist der brasilianische Präsident nicht rechtsextrem?"

„Ihr Deutschen mit euren Etikettierungen und Verunglimpfungen! Warum soll Jair Bolsonaro rechtsextrem sein? Ich weiß ja, dass ihr ihn als Tropen-Trump bezeichnet. Bloß weil er sagt, Corona sei eine Grippe und weil er nichts von der Impfhysterie hält. Darf man den Satz, den er sagt, nicht vertreten? ‚Das Schlimme ist es, sich in die Immunsysteme des Menschen einzuschalten.‘ Mein Lieber, Brasilien ist eine präsidiale Republik. Es ist ein Schmelztiegel der Nationen und Hautfarben. Mit Toleranz und Freundlichkeit. Rechtsextrem? Ich merke nichts davon. Schau lieber in die eigene Vergangenheit oder auch in die Gegenwart. Wer ist eingesperrt? Du oder ich? Wer wird bevormundet, entmündigt? Du oder ich? Ihr schwätzt immerzu von Demokratie. Wo ist sie denn? In wichtigen Angelegenheiten habt ihr noch nicht einmal einen Volksentscheid. Die Flut der Gesetze und Vorschriften wird einfach über euch verhängt. Vor der Wahl sind sie lieb zu euch und dann seid ihr nur noch Marionetten. Noch nicht einmal das Grundgesetz achten sie. Nach der Wahl haben sie euch am Haken. Wo ist euer Parlament? In einsamer Runde entscheidet die Mutti."

Roberto konnte darüber richtig verärgert, ja zornig sein. Die Überheblichkeit der Deutschen, ihre die Lebendigkeit tötenden Vorschriften, ihr übertriebenes Sicherheitsbedürfnis, ihre Ängstlichkeit, ihr Kontrollwahn, ihr sklavischer Gehorsam. Ich merkte, er distanzierte sich mehr und mehr von seiner Heimat. Deshalb sagte er nicht ‚wir Deutschen', sondern ‚ihr Deutschen', so als sei ihm selbst sein Freund in Bad Breisig fremd geworden. Ja, da waren wir gegensätzlich. Ich bin viel mehr heimatverbunden als er. Der Mittelrhein ist schön. Vor allem im Sommer. Im Winter weniger. Und unter den Bedingungen eines Lockdown absolut nicht.

Bei Roberto war es vor allem die Sprache, die ihn an die Heimat band. Ansonsten war er eher ein Weltkind. Südamerika war der letzte Kontinent, den er noch nicht kannte. Sonst war er überall herumgekommen wie ein Vagabund. In allen Staaten Südostasiens, in Australien, Neuseeland, USA, Mexiko, Philippinen, China, auch die Südsee, dem Traum der Bounty folgend, hatte er nicht ausgelassen. Und Europa kannte er sowieso, vom Nordkap bis zum spanischen Finisterra. Auch afrikanischen Boden hatte er schon betreten, mit Marokko wenigstens den nördlichen Zipfel. Sicher, vieles fehlte noch. Zum Beispiel Ladakh, wo man statt vom Bruttosozialprodukt lieber von einem Zustand der Zufriedenheit sprach.

„Wie stellt man so etwas an?", hatte ich ihn einmal gefragt. „Für solche Reisen braucht man doch Zeit und Geld. Du hast doch auch in einem Beruf gesteckt."

„Beurlaubungen waren möglich", antwortete er. „Für ein Jahr, für zwei und einmal auch für vier. Aber die meisten machen so etwas nicht, sind gebunden durch Haus, Ehe und die Angst vor dem Risiko. Karriere war mir stets egal. Außerdem konnte ich auch im sogenannten Ausland arbeiten. Zum Beispiel an einer Universität in Bangkok. Das war, die Arbeit betreffend, mit die schönste Zeit. Hätte ich auf Reisewarnungen gehört, hätte ich Vieles nicht kennengelernt. Wunderbar war etwa eine Motorradtour den Mekong entlang. Schmugglerbanden schießen einen von der Maschine, hatte das deutsche Auswärtige Amt gewarnt. Was ist passiert? Nichts."

Ein paar Wochen zögerte ich, ihm nach Brasilien zu folgen. Und dann war es zu spät. Aus dem Lockdown-Light wurde ein Lockdown-Hard. Touristische Reisen waren unterbunden, man war eingesperrt im eigenen Land. Einige Linien flogen noch. Nach Rio oder São Paulo. Ich wollte es mit dem Nachweis eines negativen Coronatests versuchen, rief beim zuständigen Gesundheitsamt an. „Wo bitte kann ich einen Test machen, bei dem man das Ergebnis noch am selben Tag oder einen Tag später bekommt?" Denn es galt die Vorschrift, dass beim Check-In der Test nicht älter als 72 oder gar 48 Stunden alt sein durfte. Meistens aber musste man auf das Testergebnis mindestens drei Tage oder auch länger warten. Schnelltests waren nicht zugelassen.

„Wozu brauchen Sie den Test?" fragte man mich beim Gesundheitsamt.

„Ich möchte nach Brasilien", antwortete ich.

„Sie dürfen nicht verreisen."

Zu einer Fälschung, wie Roberto es gemacht hatte, hatte ich nicht den Mut. Sollte ich mir einen ausgewanderten Vater oder eine brasilianische Mutter erfinden? Und dann war es wirklich zu spät. Die Virologen, diese Quälgeister der Neuzeit, hatten brasilianische Mutanten entdeckt.

5

Nun ja, Zeit und Geld zum Verreisen hätte ich genug gehabt. Ich war pensioniert, trug den ehrenwerten Titel ‚Studienrat'. Und das ausgerechnet noch für ‚Deutsch'. Jetzt den ‚Tell' im Unterricht zu besprechen, wäre peinlich und absurd gewesen. Man spricht über die menschliche Freiheit und ist gezwungen, eine Maske, einen Maulkorb zu tragen. Aber wahrscheinlich kommt man bald nicht mehr in diese Verlegenheit, da Schillers ‚Tell' als zu gefährlich aus dem Kanon gestrichen wird. Ich gab Roberto recht. Die Deutschen hatten ihre Kultur verloren. Goethe und Schiller hatten sie als sterile Klassiker eingeebnet. Der Mensch dahinter ist verloren gegangen. Schiller ist unter Lebensgefahr aus württembergischem Militärdienst geflohen. Goethe war frech genug, sich bei Nacht und Nebel inkognito nach Italien abzusetzen. Bei seiner Rückkehr nach Weimar hat er eine junge Blumenbinderin in sein Gartenhaus aufgenommen und sich nicht gescheut von ‚des Bettes lieblich knarrendem Ton' zu sprechen. Und Schiller war gar keck genug, zwei Schwestern, Lotte und Lene, gleichzeitig einen Heiratsantrag zu machen. Eine ‚menáge a trois' wäre ihm ideal vorgekommen. Den Schwestern auch. Ich habe so etwas im Gegensatz zu Roberto noch nie versucht. Ich bin da eher ängstlich, scheue den Stress, den so etwas mit sich bringt. Die sind alle, inklusive Schiller, daran gescheitert. Aber träumen darf man ja davon. Muss schön sein, mitten zwischen zwei Frauen, die man liebt, zu liegen. Aber wie gesagt: Ich habe mich das nie getraut. Jetzt habe ich noch nicht einmal nur eine Frau, darf nicht verreisen, bin eingesperrt. Scheußlich! Nachts träume ich von den Brasilianerinnen, die ich auf den Fotos gesehen habe.

Weiß die Regierung eigentlich, was sie da anrichtet? Die ganzen Kollateral-schäden sind gewiss größer als das Unheil durch Corona. Vernichtete Existenzen, verschobene Operationen, vermehrte Suizide, eine explodierende Depression, häusliche Gewalt, weil man das Eingesperrtsein nicht mehr aushält, die Zerstörung der Kultur, keine Konzerte, keine Lesungen, keine Vorträge, jede Art der Versammlung verboten, keine Gastronomie, keine Reisen, selbst im Inland nicht. Freunde und Familien meiden sich aus Angst vor Corona. Nachbarn bespitzeln sich und verpetzen einen, wenn man unerlaubte Kontakte hat.

Roberto hatte einmal gesagt: „Oh, was für ein elendes Volk! Die Regierenden selbst werden sich alle Freiheiten nehmen, sitzen abends in seliger Weinrunde beisammen. Die Mutti kann fliegen, wohin sie will und auch der Friseur darf zu ihr kommen, wohingegen dem gemeinen Volk die Würde genommen wird. Welche Frau läuft schon gerne wie der Bärenhäuter im Grimmschen Märchen mit Zottelhaaren herum? Da geht der letzte Stolz verloren. Und was den Sport betrifft, ist es geradezu zynisch, einem Zimmergymnastik zu empfehlen. Soll ich Klimmzüge an der Tür machen, Yoga auf dem Wohn-zimmerteppich? Und das viel beschworene

Home-Office wird eine stattliche Anzahl an Leberzirrhosen produzieren. Die Vereinsamung in dem Land nimmt zu. Sie war ohnehin schon groß genug. Und all das jetzt im Winter, bei Kälte und grauem Himmel, bei nasskaltem Wetter, das einem in die Knochen kriecht. Das Ordnungsamt schleicht herum und kontrolliert. Demnächst lassen sie noch Drohnen um die Häuser fliegen. Die Hardliner in der Regierung haben bei euch die Zügel in die Hand genommen und das Volk lässt sich alles gefallen. Querdenker werden vom Verfassungsschutz beobachtet, wer nicht auf Regierungslinie liegt als Verschwörungstheoretiker diffamiert. Er-innert euch bitte! Wer damals gegen Hitler war, wurde auch so bezeichnet. Ihr seid Heuchler. Über die Demonstrationen in Weißrussland, der Ukraine, in Myanmar und in Hongkong berichtet ihr ausführlich. Die im eigenen Land verfälscht ihr oder schweigt sie tot und denunziert sie als Coronastreuer. Was die Zahl der Demonstranten betrifft, lügt das Fernsehen. Sind es 500 000, berichten sie von 20 000. Ihr sprecht dauernd von Demokratie, aber vernichtet sie. Wer anders denkt, wird nicht gehört oder bestraft. Ihr versprecht viel und haltet wenig. Und so wird das auch mit dem Impfen kommen. Jetzt sprecht ihr noch von Freiwilligkeit. Aber dann kommen die Zwänge. Verreisen darf nur noch, wer geimpft ist. Ebenso wird es sein bei Hotelbuchungen, Konzerten, Sportveranstaltungen und so weiter. Dann habt ihr den Schein der Demokratie gewahrt, aber in Wirklichkeit dem Zwang die Bahn geebnet. Ich lass mich nicht impfen, habe keine Lust, mir Viren von Schimpansen spritzen zu lassen. Im Eilverfahren habt ihr die Pharmaindustrie noch reicher gemacht. Ihr seid eine Gesinnungs- und Gesundheitsdiktatur."

So radikal konnte Roberto sprechen. Ich zweifelte, ob er mit allem recht hatte. Aber in der Depression des Lockdown rückte ich seinem Standpunkt etwas näher.

6

Die Angst vor dem Virus trieb seltsame Blüten. Ich war in Bad Breisig zu Besuch bei einer Bekannten, sie war Anfang 60. Wir tranken Kaffee ohne Maske. Das Telefon klingelte bei ihr. Sie sprang auf, streifte sich die Maske über und hob den Hörer ab.

„Maske? Warum?" fragte ich nach dem Gespräch erstaunt.

„Man kann nie wissen", sagte sie. „Das Virus ist klein, unsichtbar. Es könnte sich in die Frequenzen einlagern."

Ein anderer Fall war ein Bekannter, ebenfalls in Bad Breisig. Nach dem Einkaufen schaltete er den Backofen an, fuhr ihn auf 200 Grad hoch und schob das Wechselgeld, die Münzen, hinein. Die Geldscheine reinigte er mit Alkohol. Sie haben es überstanden, was für die Qualität des deutschen Geldes spricht. Mit seiner EC-Karte verfuhr er ähnlich. Sie hat ihm das nicht verziehen. Der Chip funktionierte nicht mehr, die Karte war ruiniert.

Andere, und nicht wenige, duschten nach jedem Einkauf und wechselten die Kleidung, desinfizierten nicht nur mehrmals die Hände, sondern auch die Schuhe. Die Kleidung wanderte unverzüglich in die Waschmaschine.

Besonders schlimm trieb es eine Nachbarin von mir. Alle zwanzig Minuten trat sie mit Maske auf den Balkon und schüttelte Textilien aus. Auch nachts. Sie war schon zuvor etwas sonderbar gewesen, da sie sich mitten in der Nacht Gummihandschuhe überstreifte, nach draußen ging, den Müll des Hauses überprüfte und sortierte. Was zu Gelb gehörte, musste auch zu Gelb und was der schwarzen oder blauen Tonne vorbehalten war, musste auch dort hinein. Diese Aktionen konnten um zwei, drei oder auch vier Uhr nachts geschehen. Sie hatte ein wachsames Auge darauf, dass alles seine Ordnung hatte.

Roberto, der das auch von seiner Wohnung aus beobachtet hatte, hatte sich an den Kopf gefasst und gesagt: „So was sieht man nur in Deutschland. Typisch. Bei mir hat sich die Dame übrigens bei meinem Vermieter beschwert, weil mir einmal die Gardine in der Küche vom Fenster gefallen war. ‚Nackte Fenster darf es hier nicht geben‘, hat sie gesagt. Nähert sich von meiner Terrasse eine Pflanze ihrem Gartenzaun, hängt sie wieder am Telefon und beschwert sich.“

„Übertreibst du nicht?“ hatte ich ihn gefragt.

„Nein, gewiss nicht. „Das ist original so gelaufen.“

Ich kam ins Grübeln. Wie um Himmels Willen hatte sich die Mentalität geändert! Bei der spanischen Grippe 1918, als das Virus A/H1N1 grassierte und die preußische Gesundheitsbehörde mitteilte, dass zwei von drei Bürgern erkrankt seien, hatte es keinen Lockdown gegeben. Die Letalität lag da bei 10%, mit Symptomen und einem Ende ähnlich wie bei Covid-19. Covid-19 schreibt man 0,5% Sterblichkeit zu, also ein Zwanzigstel.

Ich vertrieb mir die Zeit des Lockdowns mit Lesen. Auch ich habe die Gesamtausgabe von Schillers Werken. Bei dem Essay ‚Über Anmut und Würde‘ entdeckte ich folgende Stelle: „Wäre der Mensch bloß ein Sinnenwesen, so würde die Natur zugleich die Gesetze geben und die Fälle der Anwendung bestimmen; jetzt teilt sie das Regiment mit der Freiheit, und obgleich ihre Gesetze Bestand haben, so ist es nunmehr doch der Geist, der über die Fälle entscheidet.“

Wir waren geistlos geworden, rein materialistisch und tief gesunken.

7

Vor allem wissenschaftlich waren wir geworden, rein wissenschaftlich, mathematisch, wurden täglich mit Zahlen bombardiert. Neuinfektionen, Genesene, Tote, Inzidenzwerte.

Ich las nicht nur Schiller. In der Muße des Lock Downs öffnete ich meinen Bücherschrank und längst Vergessenes fiel mir wieder in die Hände. Von Robert Kardinal Sarah las ich ‚Gott oder nichts'. Da stand es, im Kapitel ‚Fragen der postmodernen Welt':

„Heute lebt der Westen so, als ob Gott nicht existierte. Wie konnten sich Länder mit alten christlichen und spirituellen Traditionen nur von ihren Wurzeln abtrennen? Die Folgen scheinen dermaßen dramatisch zu sein, dass es unbedingt notwendig ist, die Ursache dieses Phänomens zu begreifen… Die Entfremdung von Gott ist nicht die Folge eines Denk- und Argumentations-prozesses, sondern eine Willensent-scheidung, sich von Ihm loszulösen. Die atheistische Lebenseinstellung ist fast immer eine Willensentscheidung. Der Mensch möchte nicht über seine

Beziehung zu Gott nachdenken, da er daran denkt, selbst Gott zu werden. Sein Vorbild dafür ist Prometheus, diese Figur aus der Mythologie aus dem Göttergeschlecht der Titanen, der das heilige Feuer stahl, um es den Menschen zu überbringen; damit ist das Individuum in eine Logik der Aneignung Gottes eingetreten, die keine Anbetung mehr ist… Die Technik vermittelt dem Menschen den Eindruck Herr der Welt zu sein. Er wird damit zum alleinigen Herrscher eines Raumes ohne Gott."

Ich dachte an die Marienkirche in Bad Breisig, an die leeren Weihwasserkessel, an die rotweißen Absperrbänder, an das Verbot zu singen. Die Kirche war botmäßiger Vollstrecker staatlicher Verordnungen. Der Himmel war veruntreut. Die Polizei löste unerlaubte Gottesdienste auf.

Roberto, wie ich einem Brief von ihm entnahm, schlug sich mit ähnlichen Fragen herum. Wenigstens dachte er noch darüber nach, auch wenn er keine Lösung fand. So schrieb er mir:

„Die Stunde, wenn am Rio Guaíba die Morgendämmerung beginnt, gehört der Meditation, dem Nachdenken. Es sind die eschatologischen Fragen, die bedrängen und die rational unlösbar sind. Gibt es einen Gott, gibt es keinen? Woher das Gute, woher das Böse, wie es Boethius in seiner Schrift ‚Trost der Philosophie' fragt. Kann die Philosophie als Akt des Verstandes überhaupt etwas dazu beitragen? Kann es der christliche Glaube? Man war ja bei den Ereignissen, die die Bibel überliefert, nicht dabei, ist auf Überlieferungen, Erzählungen ange- wiesen. Bei diesen meldet sich der Verstand. Es könnten ja auch Märchen, Legenden, Mythen, Fälschungen, Wunschdenken sein. Die Fragen ‚woher vor der Geburt, wohin nach dem Tod?' entziehen sich der Rationalität, dem wissenschaftlichen Denken und Forschen. ‚Sein – gewesen sein?' wie es im ‚Homo Faber' von Max Frisch steht? Eine kurze Spanne gelebt und dann für die Ewigkeit erloschen? Fragen über Fragen, mit denen man sich scheinbar unnütz quält und die dennoch so wichtig, so zentral im Leben sind. Wenn diese Fragen nicht über den Verstand lösbar sind, dann ist die Antwort vielleicht wenigstens dem Gefühl zugänglich, ist darüber erahnbar. Liegt der Zugang zu diesem Gefühl bei einem

Gespür für die Schönheit der Welt? Bei dem Blick zu den Sternen, beim Rauschen des Windes in den Bäumen, bei den glühenden Farben eines Sonnenuntergangs, beim unbeschwerten Singen der Vögel am Morgen, ja, oder auch bei der Schönheit einer brasilianischen Zigeunerin? Um den Zugang zu gewinnen, müsste man sich von der materialistisch-wissenschaftlichen Einstellung, Prägung, von diesem Zustand, der in unserer Zeit schon zum Habitus geworden ist, entfernen. In Camus' Roman ,Die Pest' bezeichnet Pater Paneloux in einer Predigt die Pandemie als eine ,Geißel Gottes'. Von einer solchen Perspektive sind wir völlig entfernt. Bei den Politikern taucht das als Frage gar nicht auf. Da hilft auch das bevorstehende Weihnachtsfest nichts mehr, dessen Sinn völlig im Konsumrausch untergegangen ist. Den Heiligen Drei Königen weist ein Komet den Weg zur Krippe. Über der Krippe des 21. Jahrhunderts steht Corona. Aber wer will dieses Zeichen sehen und deuten? In den Morgenstunden am Rio Guaíba sind all diese Fragen nicht lösbar. Zumindest nicht mit dem Verstand. Die Welt und das

Leben sind ein Mysterium. Mehr kann ich im Moment auch nicht sagen."

Mit dem Verstand nicht lösbar. Aber womit denn dann? Mit Roberto konnte man über solche Fragen wunderbar philosophieren. Noch im Sommer hatten wir unten am Rhein auf einer Bank gesessen und darüber geredet. Fast ein halbes Jahr war das nun her.

„Es ist rational nicht lösbar, hatte Roberto gesagt. „Es ist kein Rätsel, sondern eben ein Mysterium, dessen Schleier du niemals heben kannst. Die Wissenschaft versagt hier. Da können wir uns anstrengen, wie wir wollen, einen Urknall erfinden oder sonst etwas. Es geht nicht. Aber vielleicht gibt es Momente des Gefühls, wo so etwas wie eine goldene Spur wieder auftaucht. Oder es geschieht etwas, ein Ereignis, das uns zur Umkehr zwingt. So wie es dem Saulus auf dem Ritt nach Damaskus widerfuhr, als ihn ein Blitz vom Pferd schleuderte und er zum Paulus wurde."

War Corona etwa dieser Blitz, der die menschliche Hybris und Selbstvergessenheit stoppen wollte? Wir wussten es nicht. Aber wir dachten zumindest darüber nach. Welcher Politiker tat das schon? Das waren Technokraten und Bürokraten. Auch die Mutti, wie Roberto sie immer nannte. Ich sprach dagegen immer respektvoll von der Frau Kanzlerin. Mit einer Salamitaktik verschärfte sie mehr und mehr den Lockdown und verlängerte ihn.

8

Roberto hatte ich vor sieben Jahren im Breisiger Tennisverein kennengelernt. Wir hatten uns rasch angefreundet und schön war eben auch, dass er im Nachbarhaus wohnte. Von den Balkonen aus konnten wir uns zuwinken. Enger wurde die Freundschaft dann, als wir beschlossen, gemeinsam auf den Jakobsweg zu gehen, von Bad Breisig nach Santiago de Compostela. Etwa 3000 Kilometer, mit Zelt, um unabhängig von Hotels, Pensionen und Pilgerherbergen zu sein. Es waren Monate einer wunderbaren Anstrengung und Freiheit. Einer Freiheit, die jetzt verloren war. Jenes Gefühl, dass die Welt eine Schöpfung war, war gegenwärtig, auch wenn der Aspekt des Abenteuers eine bedeutende Rolle spielte.

Wir liebten beide die kleinen romanischen Kirchen, während wir die Protzbauten der Kathedralen eher links liegen ließen. Unsere Kirche war die Welt mit den weiten Horizonten am Tag und den Nächten unter dem Sternenzelt. Jetzt konnte man noch nicht einmal diesen Weg gehen. Die Grenzen waren dicht, die Pilgerherbergen in Frankreich und Spanien geschlossen. Eine Strecke, die zugleich auch ein europäischer Kulturweg war, lief Gefahr, zerstört zu werden.

Diese wunderbaren Monate waren vorbei, waren ein Stück Erinnerung. Roberto genoss jetzt die Zeit unter brasilianischer Sonne. Ich hockte bei miesem Wetter im deutschen Lockdown und fühlte mich eingesperrt. Wo konnte man noch hin? Wenn nicht nach Brasilien, wohin denn dann? Wo in aller Welt gab es keinen Lockdown? Tagelang suchte ich nach Orten, wo Wetter und Verhältnisse erträglich waren. Kuba vielleicht oder Sansibar. Der Präsident von Sansibar hatte gesagt: „Corona gibt es gar nicht. Das ist eine Erfindung." Täglich landeten auf der tropischen Insel fünf Chartermaschinen mit russischen Touristen. Kam man aus der Maschine, musste man nicht befürchten, in Quarantäne gesteckt zu werden. Da es Corona angeblich nicht gab, musste man auch keinen Test vorzeigen. Da wurde einem mit einem langen Wattestäbchen nicht so lange in Nase oder Rachen gebohrt, bis man kotzen musste. Aus der Maschine zu kommen, war in manchen Ländern nicht das Problem. Das Problem war nur, wie man aus Deutschland herauskam. Die Frau Kanzlerin hatte wahr gemacht, was sie angedroht hatte. Das Reisen so unangenehm und unerträglich zu machen, dass man lieber zu Hause blieb. Und das Problem war auch, käme man raus, wie kam man wieder zurück? Da ging vielleicht kein Flieger mehr, Landeverbot in Deutschland, und flog doch noch eine Maschine, so würde man bei der Heimkehr sozusagen verhaftet und in häusliche Quarantäne gesteckt. Dann durfte man noch nicht einmal vor die Haustüre gehen.

Roberto dagegen war frei. Es schien so, als wolle er mich mit den Fotos, die er schickte, quälen. Mit seinem Smartphone, so hatte ich es einmal gesehen, konnte er flink mit zwei Daumen Texte schreiben. Da kamen nicht nur kurze Mitteilungen, sondern auch längere Passagen. So schrieb er einmal Ende Dezember:

„Angenehme, schöne Tage auf einer Hazienda in der Nähe von Santa Cruz. Es ist ein kleiner Garten Eden, ein kleines Paradies, das Adiles und Mike angelegt haben. Adiles, Brasilianerin, ist eine Freundin von Marly. Mike ist Amerikaner. Die Gastfreundschaft und Herzlichkeit der Beiden ist wohltuend. Wie mir auch immer wieder diese Herzlichkeit und Gastfreundschaft der Brasilianer auffällt. Bei der Begrüßung in Santa Cruz gibt es zunächst Aperol und Sekt. Nach einem leckeren Essen sitzen wir auf Barhockern, die im Wasser des Swimmingpools eingelassen sind und genießen kaltes Bier. Die Frauen bleiben bei Sekt. Am Abend gibt es ein Lagerfeuer. Die Frauen tanzen um die Flammen. Der Rauch verjagt die Moskitos. Glühwürmchen blinken zwischen den Palmen. Vom nahen Fischteich das Konzert der Frösche. Am frühen Morgen gehe ich mit der Kamera auf der Hazienda spazieren, bewundere die Blütenpracht und die üppige Vegetation. Die Namen der meisten tropischen Pflanzen und der Bäume kenne ich leider nicht. Ein Baum aber fällt mir besonders auf. Das ist der Jabuticaba. Aus der Rinde des Stammes wachsen schwarze Beeren, die man pflücken und essen kann. Sie schmecken ähnlich wie sonnenreife schwarze Johannisbeeren."

Es war Mitte Januar. Das Jahr 2021 war gekommen. Fast täglich stand ich mit Roberto in Verbindung, und dann brach der Kontakt plötzlich ab. Er ging nicht mehr an sein Handy, WhatsApp war stumm. Es kam keine Nachricht, es kamen keine Fotos aus der brasilianischen Idylle. Nichts, nada, wie es auf Portugiesisch heißt. Marlys Nummer hatte ich nicht, konnte auch nicht mit ihr telefonieren, fragen, was los war. Nur einmal, das war Ende Januar, kam eine kurze SMS von Roberto: „Sorry, mein Handy spinnt." So entschuldigte er sich zunächst für sein Verstummen.

9

Ich weiß nicht, wie ältere Menschen mit der digitalisierten Welt zurechtkommen. Die Probleme beginnen ja schon an den Automaten der Bundesbahn. Schwarz fahren wollen sie nicht. Dazu sind sie zu ehrlich, oft auch zu arm. An den telefonischen Warteschleifen, wo man irgendeine Musik hört und Zahlen tippen muss, verzweifeln sie. Und mit dem Computer, den man übrigens wie den Körper vor Viren schützen soll, kommen sie nicht klar. Sie stammen aus einer anderen Generation, wo es noch etwas gemütlicher und nicht so unpersönlich zuging. Jetzt hatte sich der Staat bevorzugt ihrem Schutz gewidmet, in den Altersheimen und Seniorenresidenzen Besuche verboten. Tochter, Sohn oder Enkel hatten nur noch unter besonderen Umständen eine Erlaubnis sie zu sehen. Dieser besondere Umstand war der Tod, wo man nach der Kremation die Urne abholen durfte. Besuche im Originalzustand würden erst wieder gehen, wenn alle verimpft waren. Die vollständige Verimpfung, ein neues, gängiges Wort, war angestrebt. „Wir müssen in der Fläche impfen", hatte der Gesundheitsminister gesagt. Man sprach vom ‚verimpften Bürger'.

„Der ganze Salat", hatte Roberto einmal gemeint, „hat schon viel früher begonnen. Das kannst du schon in den Essays von Nicolas Born nachlesen. ‚Die Welt der

Maschine'. Da steht das alles schon. Vor etwa fünfzig Jahren. Es sind die Automatismen eines gnadenlosen Kapitalismus. Dieses ‚C' für christlich bei der CDU ist nichts als Makulatur und Lüge."

Heute bin ich der Überzeugung, dass das Unglück noch viel früher begann. Die Romantiker des 19. Jahrhunderts hatten ein Gespür dafür. Da tauchte die Industrialisierung wie eine dunkle Wolke am Horizont auf. Auch Goethe wusste das. Aber für ihn waren es noch selige Zeiten, mit der Kutsche nach Italien zu fahren. Jetzt aber steckten wir in der Digitalisierung und einem Kapitalismus, der in steigender Spirale immer schlimmer wurde. Der Staat zog mit Regulierungen, Vorschriften, Verboten, Gesetzen die Schlinge enger zu. Auf Kosten der menschlichen Freiheit und der Würde. Der Staat war zum Vormund des Bürgers geworden. Den Bürger, sollte er verdrießlich werden, hielt man mit dem Offenhalten der Supermärkte bei Laune. Selbstverständlich auch mit dem der Apotheken. Krank ist schließlich irgend-wie jeder. Vor allem in Coronazeiten. Da braucht man nicht nur Baldrian. Den

Alkohol wird der Staat nicht verbieten, denn er weiß, dass dann alles zusammenbrechen würde.

In der Langeweile und Trostlosigkeit des Lockdowns und des Social Distancings war ich zum Weinforscher geworden, hatte neue, leckere Sorten entdeckt. Da soziales Trinken nicht möglich war, hatte ich mich alleine auf diese Forschungsreise begeben. Reise ist natürlich übertrieben. Von meinem Wohnzimmer auf den Balkon sind es nur fünf Meter. Hier stand ich öfter mit einem Glas grauem Burgunder und guckte in die Umgebung und auf die Nachbarhäuser. Im Laufe der Zeit weiß man, wer dort ein- und ausgeht.

Es war der 5. Februar 2021, als sich in dem Haus, in dem Roberto wohnte, etwas Neues ereignete. Der Abend hatte gerade begonnen, es war dunkel, aber man konnte noch genug sehen, da trat jemand aus der Haustür, den ich noch nicht kannte. Lange graue Haare fielen auf die Schulter, eine Pudelmütze saß auf dem Kopf, die Maske, selbstverständlich die neu verordnete PP2 oder PPF2 oder FPP2, ich kann mir das nicht merken, verdeckte Mund und Nase. Die Person trug eine elegante hellbraune Wildlederjacke, Jeans und blaue

Turnschuhe. Ein Altershippie? Oder stammten die langen grauen Haare einfach daher, dass man nicht mehr zum Friseur gehen konnte? Aber wie erstaunt war ich, als diese Person zur Garage nebenan ging und dann rauschte plötzlich Robertos Fiat 500 heraus. Ich war verblüfft. Roberto? Das konnte er doch nicht sein. Der hatte kein Problem mit dem Friseur. Der war sein eigener. Der ging alle paar Wochen mit einem Maschinchen über den Kopf und futsch waren sie, die Haare, dieser restliche Kranz links und rechts der Ohren. Außerdem war er immer ganz anders gekleidet, nämlich nepalesisch, mit bunten, weiten Hemden und Hosen, die bequem zu tragen waren. Und er trug auch immer wie der Papst rote Schuhe. Was war geschehen? Wer fuhr auf einmal mit seinem Wagen davon? Ich war verblüfft, konnte mir keinen Reim darauf machen. Ich startete noch einmal einen Versuch, Roberto anzurufen. Da war es sieben Uhr am Abend. Brasilien lag vier Stunden zurück. Es war also eine Zeit, wo ich ihn bequem hätte erreichen können und keinen Schlaf störte. Aber sein Handy war ausgeschaltet, Roberto nicht erreichbar. Was war los?

10

Ich überlegte, rätselte, spekulierte. Hatte Roberto jemandem Wohnungs-, und Wagenschlüssel gegeben? Ich hatte mich angeboten, ab und zu nach seiner Wohnung zu sehen und auch den Briefkasten zu leeren. Marly hatte in Bergheim eine eigene Wohnung, war aber meist bei Roberto. Der hatte bei meinem Angebot abgewunken, gesagt: „In ein paar Monaten sind wir zurück, wenn der Lockdown vorbei ist. Post kommt wenig. Lass mal! Das geht auch so. Du kannst aber gerne gucken, ob der Kasten überquillt, Reklame und die Zeitung, die wöchentlich verteilt wird, herausziehen."

Ich hatte die Schultern gehoben, war etwas verwundert über die Ablehnung meines Angebots. „Wenn du meinst. Ich mache es aber gerne."

„Weiß ich. Es ist zu umständlich. Marly hat den zweiten Wohnungsschlüssel in Bergheim vergessen. Ich müsste erst einen neuen machen lassen. Wo denn? Der Laden, der Schlüssel fertigt, ist geschlossen."

Ich gab mich mit der Erklärung zufrieden. Aber dass jetzt jemand mit

Robertos Auto davonfuhr, war seltsam. Wegen der Dunkelheit und der Maske hatte ich kein Gesicht erkennen, kein Alter schätzen können. Lange, graue Haare, die bis auf die Schultern fielen. Wer lief so herum? Ich war mir nur sicher, dass es sich nicht um eine Frau handelte. Sicher? So ganz sicher war ich mir da auch nicht. Ich hatte von meinem Balkon aus oft Paare gesehen, die spazieren gingen und musste zweimal hingucken. Wer war der Mann, wer die Frau? Hier war nicht Brasilien. Nicht selten kleideten sich die Frauen einheitlich grau oder schwarz und wirkten aus der Ferne männlich.

War etwas in Brasilien passiert und jetzt war jemand aus Robertos Verwandtschaft gekommen, um den Wagen zu holen? Roberto hatte einen Sohn und eine Tochter. Die waren aber noch jung und hatten bestimmt keine langen, grauen Haare. Ich konnte mir keinen Reim machen auf das, was ich gesehen hatte. War vielleicht ein Einbrecher in die Wohnung gestiegen, hatte den Wagenschlüssel gefunden, an dem auch der elektronische Öffner für das Garagentor hing? Ein Einbruch in die Wohnung war im Prinzip einfach. Die lag zwar im ersten Stock, aber man konnte neben der Garage den Hang hochgehen und stand dann vor Robertos Terrassentür. Die Polizei zu verständigen und meinen Verdacht mitzuteilen, wäre albern gewesen.

Ich hatte den ganzen Tag in meiner eigenen Wohnung verbracht und die Angewohnheit am Abend einen kleinen Spaziergang zu machen in Richtung Ruhewald. Dabei kam ich nach ein paar Metern auch an dem Haus vorbei, in dem Roberto wohnte. Wie erstaunt war ich, als ich dort hochblickte und Licht in der Wohnung sah. Ich blieb stehen und überlegte. Gerade als ich weitergehen wollte, näherte sich ein Wagen. Es war der Fiat 500. Er hielt vor der Garage. Das Tor hob sich und nach einer Weile erschien, mit zwei Einkaufstaschen bepackt, diese seltsame Figur mit den langen, grauen Haaren und der Pudelmütze auf dem Kopf. Sie kam geradewegs auf mich zu, blieb stehen, zog sich die Maske ab und grinste. Es war Roberto.

11

„Wieso?" fragte ich. „Wieso hast du dich auf einmal nicht mehr gemeldet? Warum rennst du so komisch herum?"

Roberto sah sich vorsichtig um, sah zu den Balkonen und Fenstern.

„Komm mit rein! Hoffentlich sieht uns niemand. Wir dürfen keinen Kontakt haben. Drinnen erzähl ich dir alles."

Ich nahm ihm eine der Taschen ab, warf einen kurzen Blick hinein. Sekt, Wein, Bierdosen. Roberto bemerkte das, grinste.

„Nicht nur", sagte er. „In der anderen Tasche sind die Lebensmittel. Wir sind in Quarantäne. Ich war unerlaubt einkaufen. Komm!"

Wir stiegen die Treppe hoch, die zu dem Haus am Hang führte. Roberto schloss die Haustür auf, spähte und horchte hinein, ließ das Treppenhaus dunkel. Er stieg vor mir die Stufen hoch. Ich folgte ihm. Vor der Wohnungstür sah er sich noch einmal vorsichtig um. Er schloss auf.

Im Flur kam uns Marly entgegen. Sie sah reizend aus. Langes, blaues Kleid. Am linken Ohr hing als Schmuck eine kleine rote Feder. Es war ein wunderschönes, warmes, leuchtendes Rot. Ich kannte diesen Schmuck. Sie hatte mir einmal erklärt: „Die kleine Feder stammt von einem Vogel. Vom Guarás. Die Legende sagt, dass sein Federkleid einmal weiß war. Aber dann hat sich dieser Vogel nur noch von kleinen roten Krebsen ernährt, bis er selbst diese Farbe bekommen hat." Wenn Marly Deutsch sprach, hatte sie einen charmanten, melodischen Akzent. Ich lauschte ihrer Stimme gerne.

Marly lächelte, freute sich, mich zu sehen, umarmte mich. Roberto setzte die Tasche ab, streifte sich Mütze und Perücke vom Kopf.

„Wir sind in Quarantäne", sagte er. „Ein Verstoß gegen die Auflagen kann fünf Jahre Haft bringen oder 25 000 Euro Strafe. Daher das ganze Theater. Du weißt ja, wie die Leute sein können. Die verpetzen dich beim Ordnungsamt. Vor allem die wachsame Dame bei dir im Haus. Wir müssen vorsichtig sein."

Er nahm mir meine Tasche ab, ging damit in die Küche. Ein Sektkorken knallte. Marly holte drei Gläser, ging damit ins Wohnzimmer, stellte die Gläser auf den Couchtisch. Roberto goss Sekt hinein.

„Ist kalt", sagte er. „Da war noch eine Flasche im Kühlschrank. Eine neue habe ich jetzt in die Kühltruhe gelegt."

Wir stießen im Stehen an. „Saúde! Gesundheit!" sagte Marly.

Wir nahmen einen ersten Schluck. Dann fragte ich:

„Was ist denn bloß passiert? Warum seid ihr schon zurück?"

„Die Deutschen haben die Diplomatie vergiftet", antwortete Roberto. „Sie haben im Januar ein Einreiseverbot für Brasilianer verhängt. Daraufhin haben die Brasilianer mein Visum nicht verlängert. Und da die Deutschen für die Brasilianer bestimmt haben, dass sie erst nach 180 Tagen wiederkommen dürfen, wenn sie das Land verlassen haben, haben die Brasilianer das genauso gemacht. Ich darf, falls man hier rauskommt, erst nach 180 Tagen wieder nach Brasilien."

„Und Argentinien, Uruguay?"

„Die Grenzen sind dicht. Außerdem, was sollen wir ein halbes Jahr in Argentinien? Viel zu teuer. Eigentlich wollten wir nach Kuba. Aber auch dort stecken sie dich erst einmal in Quarantäne. Und zwar in das teuerste Hotel in

Havanna. Das musst du natürlich selbst bezahlen. Die Welt ist zugeschlossen."

„Seit wann seid ihr zurück?"

„Seit gestern Abend. Du glaubst nicht, was für ein Stress der Rückflug war."

Er begann zu erzählen.

12

„Also, du stehst unter einem ungeheuren Druck, falls du überhaupt noch eine Airline findest. Es ist eine Odyssee der Nerven. Das fängt damit an, dass du einen negativen Covid-19-Test vorlegen musst, der nicht älter als 72 und im Fall der Einreise nach Deutschland 48 Stunden alt ist. Schnelltests sind nicht zugelassen. In der Regel kommen die Testergebnisse aus den Labors erst nach drei Tagen. Da sind die 72 Stunden schon um.

Wir hatten den Rückflug für den 3. Februar mit KLM nach Amsterdam gebucht. Die fliegen im Verbund mit Air France, das heißt es kann auch eine französische Maschine sein. Unglücklicherweise war am 2. Februar Feiertag in Porto Alegre. Feiertag war aber nur in den

Regionen, die am Wasser liegen. Wir mussten ein Labor finden, das den Test am 2. Februar macht und noch am selben Tag das Ergebnis liefert. Sonst ist wegen Überschreitung der Zeit bei der Einreise nach Deutschland der Test ungültig. Allein die Flüge von Porto Alegre nach São Paulo und von dort nach Amsterdam und nach Deutschland dauern schon mit dem Transitaufenthalt 20 oder sogar 30 Stunden. Gott sei Dank hat Marly in dem von Porto Alegre 60 Kilometer entfernten São Leopoldo, das nicht am Wasser liegt und keinen Feiertag hatte, ein Labor gefunden, das noch am selben Tag das Ergebnis lieferte.

Nun gut, so flogen wir am frühen Morgen des 3. Februar von Porto Alegre nach São Paulo. Dort mussten wir zum Check In an den Schalter von Air France. „Sie können nicht nach Amsterdam", beschied man uns. „Für die Niederlande brauchen Sie auch einen Mutantentest, der nicht älter ist als vier Stunden. Fahren Sie mit dem Taxi in die Stadt. Dort gibt es eine Apotheke. Die macht das. Dann kommen Sie, wenn die Zeit noch reicht, zurück."

Wir wollten schon aufgeben, da kam ein Mitarbeiter von Air France auf die zunächst rettende Idee. „Statt Amsterdam können Sie auch umbuchen und über Paris fliegen und von dort nach Düsseldorf. Für Frankreich brauchen Sie keinen Mutantentest.“

Corona ist teuer. Was sollten wir machen? Also umbuchen. Am Morgen des 4. Februar landeten wir in Paris. Dort ging am Check In das Theater weiter. „Für die Landung in Düsseldorf brauchen Sie eine Einreiseanmeldung. Machen Sie die bitte online!“

Marlys Handyakku war leer. Bei mir funktionierte das Internet nicht. Im letzten Moment gaben sie uns ein Ersatzformular. Zum Ausfüllen war keine Zeit mehr. „Machen Sie das im Flugzeug!“ Als letzte stiegen wir in die Maschine. Im Flieger bemerkte Marly, dass sie bei dem Chaos am Schalter unsere Testergebnisse, die wir für Deutschland brauchten, behalten hatten. Die Formulare mit der Einreiseanmeldung hat dann ein Steward in der Maschine kassiert. Okay, dachten wir, der leitet das weiter. Wenn nicht, ist es auch gut.

Gegen Mittag des 4. Februar landeten wir in Düsseldorf. Ach ja, ich muss noch sagen, dass wir mit kleinem Gepäck reisten. Ich mit einem Rucksack, Marly mit einer kleinen Tasche. Wir wollten nicht mit großem Reisegepäck im Zug auffallen. Nun, dann ging es in Düsseldorf durch den Zoll. Zehn Beamte mit Pistolen bewaffnet sahen uns grimmig entgegen. Aber wir konnten, was uns erstaunte, einfach an ihnen vorbei gehen. „Bloß raus aus dem Flughafen!" sagte ich. „Bevor noch jemand Papiere sehen will." Wir sind draußen in ein Taxi gesprungen und zum Hauptbahnhof gefahren. Die Stimmung dort war gruselig. Viel Polizei. Wahrscheinlich kontrollierten sie die Maskenpflicht. Die paar Menschen, die dort herumliefen, wirkten ernst und bedrückt. Ein irrer Kontrast zu Brasilien. Ja, und dann waren wir im ICE nach Köln.

„Jetzt erst einmal ein Bierchen im Bistro", sagte ich. Wir setzten uns in das völlig leere Zugbistro. Ich bestellte zwei Bier an der Theke. „Wir dürfen keinen Alkohol ausschenken!" hieß es. „Oh je, was ist die Welt heruntergekommen!" dachte ich. „Puta merda! Jetzt kann man sich noch nicht einmal im Zugbistro ein Bier bestellen." Aber Gott sei Dank hatte ich noch zwei Dosen Bier im Rucksack. Die hatte ich im Hauptbahnhof gekauft. Ach so, übrigens hatten die Franzosen beim Pariser Check-In eine Flasche Whisky konfisziert, die ich in São Paulo im Duty Free gekauft hatte. Nun, umsteigen in Köln in die Mittelrheinbahn nach Bad Breisig. Hier im Zug habe ich mir dann die Maske abgestreift und ein Döschen aufgemacht. Eine ältere Dame kam durch den Gang an uns vorbei, bedachte mich mit einem vorwurfsvollen und bösen Blick. „Sie dürfen die Maske nicht abnehmen!" schimpfte sie. „Wie soll ich denn trinken? Soll ich mir das Bier durch die Maske schütten?" entgegnete ich höflich. „Ich werde mich beim Zugbegleiter beschweren", sagte sie und ging weiter. Aber es kam kein Zugbegleiter. Sie hat es wohl doch nicht getan. Ein Hoffnungsschimmer, was die Mentalität betrifft, dann bei dem Halt in Brühl. Ein junger Marokkaner mit seiner Freundin stieg zu. „Endlich sieht man im Zug mal so was!" sagte die Frau und lächelte. „Sonst ist ja alles nur noch streng und verbiestert. Das kann man ja nicht mehr aushalten." Sie haben sich neben uns auf die andere Fensterseite gesetzt und wir kamen ins Erzählen. Da haben wir erfahren, was die

Jugend von dem Lockdown hält. Nämlich nichts.

‚Wir haben bei uns keinen Lockdown‘, sagte der Marokkaner und berichtete von dem Leben dort. „Dann fliegen oder fahren wir, sobald es geht in dieses Königreich“, meinte ich zu Marly. Bad Breisig kam, mit dem Taxi hoch zur Parkstraße, erst einmal in der Wohnung verschwinden. Hier haben wir überlegt, ob wir uns beim Gesundheitsamt, wie es vorgeschrieben ist, als Rückkehrer aus einem von den Deutschen als Hochrisikogebiet eingestuften Land anmelden sollten. Macht das per Fax die Airline oder machen sie es nicht? Vielleicht kommen wir ja ohne die vorgeschriebene zehntägige Quarantäne davon. Vielleicht erfahren die ja gar nicht, dass wir aus Brasilien gekommen sind. Aber dieses Spiel schien uns wegen der hohen Strafen als zu riskant. So habe ich uns heute Morgen angemeldet und auch sogleich über Email in dem bekannt bürokratischen Befehlston die Aufforderung bekommen, unverzüglich für zehn Tage in die häusliche Quarantäne zu gehen und dort zu warten, bis der Termin für einen neuen Test käme. Einkaufen ist natürlich verboten. Du darfst gar nicht vor die Haustür. Ob es erlaubt ist, nachts den Müll rauszubringen, weiß ich nicht. Die irren Strafen für Quarantänebrecher sind bekannt. Das Gesundheitsamt wollte auch die Testergebnisse aus Brasilien sehen. Die hatten wir aber nicht mehr. Marly ist es mit Anrufen nach Brasilien dann gelungen, die wieder online zu bekommen. Ich frage mich, was ältere Leute, die nicht mit Smartphone und Internet klarkommen, machen. Die sind ja hoffnungslos aufgeschmissen. Ja, mein Lieber, soviel zu unserer Rückreise. Bestimmt habe ich noch manche Absurdität vergessen."

Roberto fuhr fort zu erzählen: „Die Hinreise nach Brasilien verlief dagegen glatt und ohne diese Komplikationen. Beim Grenzübertritt nach den Niederlanden sind wir im Zug nicht kontrolliert worden. Wir saßen alleine in einer Kabine des IC, und als wir in Arnheim waren und kein Schaffner kam, habe ich zwei Dosen Bier aufgemacht und das Smartphone eingeschaltet, um Musik zu hören. Da kam ein schöner Song. Kathy Kelly trällerte ein rhythmisches ,Holland in Not': ,Wenn die Deiche brechen und der Stress ist zu groß, dann ist Holland,

Holland in Not. Wenn der tägliche Wahnsinn deine Seele bedroht, dann ist Holland, Holland in Not.' Am nächsten Morgen, beim Check-In am KLM-Schalter gab es kein Problem. Man wollte noch nicht einmal den Befund des Corona-Tests sehen, der inzwischen per Email eingetroffen war. Seltsam allerdings der Flug. Mein erster mit Maske. Und mit Essen und Trinken waren die Holländer knauserig. Oh, wie waren frühere Zeiten doch schön! Weißt du, der erste Flug meines Lebens war vor vielen Jahren mit Singapore Airlines von Amsterdam nach Singapore. Die Maschine befand sich noch im Steigflug, da schob die Stewardess schon das Cognacwägelchen durch den Gang. Man konnte da schon den Gurt lösen und sich eine Zigarette anzünden, wenn man wollte. Aber die Zeiten sind endgültig vorbei. So etwas dürfen nur noch Millionäre, die einen Privatflieger haben. Der Rest des Volkes muss sich den Vorschriften für die Gesundheit fügen.

Ach, wie schön die nächtliche Ankunft in Porto Alegre! Am Scheitelpunkt des Himmels stand in einer Linie die Konstellation Jupiter-Saturn-Mondsichel.

Von einer Stuttgarter Querdenkerin bekomme ich zur gleichen Zeit eine Email: ‚Du denkst wohl auch nur an dein Privatvergnügen!' Sollte wohl heißen: Statt an den Demos in Berlin, Leipzig, Bonn und Koblenz teilzunehmen, haust du nach Brasilien ab. Mit einer gewissen Portion Anmaßung habe ich zurückgeschrieben: ‚Kann man einem geistig Gesunden vorwerfen, wenn er aus der Psychiatrie flieht?'"

13

„Warum hast du dich denn aus Brasilien auf einmal nicht mehr gemeldet?" wollte ich wissen.

„Nun, zunächst stand ich unter Schock, als sie das Visum wie sonst üblich nicht verlängert haben. Von einem so ganz anderen schönen Leben zurück nach Deutschland. Von der Wärme in die Kälte, von der Herzlichkeit ins Distanzierte, vom bunten Leben in die Ängstlichkeit, von der Freiheit in die Quarantäne. Die Stimmung SMS zu schreiben und Fotos zu schicken war weg. Ich hätte zwar auch bleiben, einen illegalen Overstay produzieren können, aber das schien mir zu riskant. Man zahlt 100 Reals pro Tag, das sind knapp 20 Euro, aber es könnte auch mit Abschiebehaft enden."

„Und die letzten Tage in Porto Alegre?"

„Wehmut, Trauer, Paradise Lost. Abschied von Freunden und den Jangadeiros. Die Tennisschläger habe ich da gelassen."

„Du meinst, die Deutschen haben das mit der Verlängerung des Visums verbockt?"

„Aber ja. Die teilen die Welt in Hochrisikogebiete ein und verärgern so die anderen Länder. Und jetzt haben sie auch noch brasilianische Mutanten entdeckt und stufen sie als hochinfektiös ein."

„Hast du hier viel Post gehabt?" fragte ich.

„Nein. Nur die Androhung eines Inkassoverfahrens, falls ich rückständige Gebühren für das Fernsehen nicht umgehend bezahle. Du weißt ja, man ist hier zu den Gebühren verpflichtet, egal ob du so einen blöden Fernseher hast oder nicht. Für das öde Programm soll ich auch noch bezahlen. Ich will nicht unentwegt Krimis gucken oder stündlich Corona-

Nachrichten. Und den Zoo, wo sie sich gerne mit der Kamera aufhalten, besuche ich lieber live, wenn überhaupt. Ein Trost, was das Fernsehen betrifft, sind wenigstens die Australien Open bei Eurosport. Hast du hier Tennis spielen können?"

„Wie denn? Ist doch alles dicht. Hier werden dir Gymnastik und Klimmzüge am Türrahmen empfohlen, wenn du fit bleiben möchtest. Willst du eigentlich weiter in Verkleidung einkaufen gehen?" fragte ich.

„Nein, ist zu riskant. Der Ausflug heute war nur zur Erstversorgung."

„Ich würde es ja gerne für dich machen", sagte ich. „Aber ich bin ab Morgen für ein paar Tage bei einem Freund in Bochum. Er ist mit einer Afrikanerin verheiratet. Ich muss eine andere Kultur sehen."

„Kein Problem", entgegnete Roberto. Ich habe schon mit Karl, Otto und Doris telefoniert. Die versorgen uns. Karl hat gemeint: ‚Wir zeigen euch, dass es sogar in Deutschland so etwas wie Gast-freundschaft gibt.' Und Otto fährt in der Langeweile des Lockdown gerne nach Edeka und dann hoch in die Parkstraße.

Ich habe übrigens ein Quarantänekörbchen gebastelt. Einen Korb, der an einem Seil hängt. Den Korb lass ich vom Balkon nach unten. So wird der direkte Kontakt vermieden."

„Warum hast du mir nichts gesagt?" fragte ich. „Ich hätte auch für euch einkaufen können. Wir sind Freunde und Nachbarn."

„Ganz einfach", antwortete er. „Du siehst es ja. Du würdest in die Wohnung kommen, obwohl es streng verboten ist. Wir würden uns freuen und das Risiko eingehen. Das würde im Laufe der Zeit aber immer gefährlicher, weil die Nachbarn Bescheid wissen. Auch das Ordnungsamt kontrolliert ab und zu."

„Verstehe. Ich fühle mich auch in Quarantäne. Im Prinzip sind wir alle in Quarantäne. Reisen verboten. Was willst du hier machen? Spazieren gehen bei tristem Wetter? Die Rheinpromenade entlang? Geht nicht. Da ist Hochwasser. Im Supermarkt einkaufen, wo die Menschen Masken tragen und einen Bogen um dich machen? Da lass doch lieber dein Körbchen runter. Wie vertreibt ihr euch eigentlich die Zeit?" wollte ich weiter wissen.

„Wir gucken zum Beispiel Filme", antwortete Roberto. „Nicht im Fernsehen. Den Schrott tun wir uns nicht an. Wir machen das über Amazon und Netflix. Gestern Abend war es ‚Falling Down' mit Michael Douglas. Ein Mann läuft Amok in Los Angeles. Er ist so empört über die Lebensverhältnisse, dass er durchdreht. Wir hatten den Film vor zwei Jahren schon einmal gesehen. Jetzt verstehen wir ihn."

Wir hatten die Gläser ausgetrunken. Marly ging in die Küche, holte die Flasche aus der Kühltruhe, ließ den Korken mit einem Knall an die Decke springen, schenkte nach. Ich wandte mich an sie und bemerkte: „Du hättest doch im schönen, warmen Brasilien bleiben können."

„Wieso denn?" antwortete sie. „Ich liebe Roberto."

14

Dann, als ich in Bochum war, kam mit voller Wucht die Kälte. „Deutschland friert ein." hieß es in den Nachrichten. Temperaturen bis -26 Grad gab es. In Bad Breisig waren es nachts nur -12. Weite Teile des Landes lagen unter einer dichten

Schneedecke. Quarantäne? Wer wollte da schon raus!? In Bad Breisig fielen seltsamerweise nur ein paar Flocken.

Als ich aus Bochum zurück war, besuchte ich in mancher Nacht die Beiden. Sie waren damit einverstanden, gingen das Risiko ein. „Nimm eine Tasche mit", sagte Roberto. „Sieht dich jemand und werden wir verpetzt, sagst du, du hättest uns nur Lebensmittel vor die Wohnungstür gestellt. Bevor du kommst, rufst du an. Ich gehe zur Haustür und öffne sie, damit man den lauten Summer nicht hört. Wir schleichen dann im Dunkeln hoch. Kein Licht im Treppenhaus. Bei dem Anruf fragst du nur ‚Wie geht es euch? Du rufst am Abend an, stellst die Frage und verschlüsselst, wann du kommst. Du sagst zum Beispiel: ‚Ich seh mir bis ein Uhr die Australian Open an. Dann weiß ich Bescheid. Es werden hier ja auch Telefonate abgehört. Wir leben in einem Land der Überwachung. Die quatschen zwar viel vom Datenschutz, halten sich aber nicht daran. Gerade der angebliche Datenschutz dient der Kontrolle."

Bei meinem ersten Besuch, das war am 10. Februar, rief ich abends an, sagte mein Sprüchlein und ging um ein Uhr mit einer

Tasche aus dem Haus. Vorher versicherte ich mich, ob die ältere Dame, die bei mir im Haus wohnt, nicht gerade Textilien ausschüttelte oder Müll sortierte. Roberto stand auf seinem Balkon, sah mich kommen, ging das dunkle Treppenhaus hinunter und öffnete unten leise die Tür. Die Tasche war nicht nur ein Alibi. Da waren ein paar Flaschen Sekt drin. ‚Rotkäppchen'. Der Kuchen fehlte. Nur der böse Wolf nicht. Das waren die Nachbarn, die einen beobachteten.

„Wie geht es euch?" fragte ich im Wohnzimmer.

„Die Quarantäne mit Marly ist wunderbar", antwortete Roberto. „Der Kontrast zu Brasilien und dem Leben dort allerdings irre. Das Gefühl, eingesperrt zu sein, mag einen jedoch im Laufe der Zeit zermürben. Die paar Tage überstehen wir jetzt auch noch. Schön, dass du gekommen bist."

„Habt ihr schon einen Termin für den Test, der euch die Freiheit zurückgibt?"

„Welche Freiheit? Nein. Das wird uns nicht vor dem 12. Februar mitgeteilt. Wir wissen auch nicht, ob die jemanden mit Röhrchen und Wattestäbchen schicken oder ob wir irgendwohin müssen.

Angenommen es kommt jemand, sieht er mit seinem Schutzanzug gewiss aus, als käme er vom Mars. Wir gelten ja wegen der brasilianischen Mutante als besonders gefährlich."

„Woher wissen die eigentlich, dass es eine brasilianische Mutation des Virus gibt?"

„Die wissen gar nichts. Eine japanische Reisegruppe ist vom Amazonas zurückgekommen und in Tokio haben sie die Mutante entdeckt. Die können sich auch im Flieger angesteckt haben oder auf irgendeinem Flughafen beim Umsteigen. Aber Brasilien hat jetzt den Schwarzen Peter. Das deutsche Fernsehen wird nicht müde, Schreckensbilder aus Manaus zu zeigen. Die angebliche Aushebung von Massengräbern und die verzweifelte Suche nach Sauerstoffflaschen. Das haben sie bei den Italienern und Spaniern ja genauso gemacht. Erst kriegst du die Zahlen des RKI an den Kopf geknallt, die Neuinfektionen und Toten. Dann kommen unmittelbar danach die Bilder von Gräbern und Intensivstationen. So schüren sie die Panik. Danach kommt die Verunglimpfung der Schweden, die keinen Lockdown haben und angeblich einen gefährlichen Sonderweg gehen. Die Berichterstattung ist manipulativ. Man wird in die Angst und in den Gehorsam hineingezwungen. Die Deutschen sind für so etwas besonders empfänglich."

Einmal hatte Roberto doch noch die Quarantäne durchbrochen, war einkaufen gewesen bei Edeka. Auf dem Parkplatz telefonierte er mit einem Kölner Freund. „Willkommen in Grauland!" hatte der ihm per SMS geschrieben. Bei dem Telefonat hörte jemand mit, der neben ihm in den Wagen steigen wollte. Roberto sagte gerade in saloppem Ton ins Handy: „Die Deutschen haben einen an der Waffel!" Der, der das beim Einsteigen in sein Auto mitgehört hatte, bellte ihn an: „Was sagen Sie da! Ziehen Sie gefälligst Ihre Maske an! Ich verklage Sie sonst wegen Körperverletzung." Roberto unterbrach das Gespräch mit dem Kölner Freund für einen Moment und antwortete: „Bleiben Sie blöd und lassen Sie mich in Ruhe!" Dann telefonierte er weiter.

15

Am Freitagmorgen hatten die Beiden ihren Testtermin. Der war in Gelsdorf bei der Freiwilligen Feuerwehr. Dort hatten sie eine Abstrich- und Impfstation eingerichtet. Gelsdorf liegt etwas abseits in der Grafschaft. „Wie kommt man dorthin, wenn man kein Auto hat?" fragte sich Roberto. „Man wäre gezwungen, mit dem Taxi zu fahren. Teuer, sehr teuer."

In Gelsdorf, bei der Freiwilligen Feuerwehr, fuhren sie beim Anmeldecontainer vor, ließen sich ein Informationsblatt mit einem persönlichen QR-Code geben. Der QR-Code war eine Art Bar-Code, ein Quadrat, das aussah wie eine Kiste mit Würmern drin. Um das Untersuchungsergebnis zu bekommen, musste man dieses Quadrat einscannen. Zusätzlich war eine 42-stellige ID des QR-Codes, genannt auch GUI, angegeben. Um überhaupt per Einscannen an den Befund zu kommen, hätte man zuerst einen sogenannten FTAPI-Account erstellen müssen. Das läuft über eine Münchener Firma, die sich auf sicheren Datentransfer spezialisiert hat, der übrigens kostenpflichtig ist. Man wurde aufgefordert, einen Vertrag über monatlich 15.50 Euro abzuschließen, weil doch sicher noch viele weitere Tests erfolgen würden. Warum, fragte sich Roberto, kann man nicht einfach beim Gesundheitsamt anrufen und nach dem Ergebnis fragen? Warum so kompliziert, dass man daran verzweifelt? Muss man erst IT-Experte werden, um das Testergebnis zu erfahren? Das Abfragen des Befundes war eine digitale Teufelei, eine menschenverachtende Boshaftigkeit im Namen des Datenschutzes. Welcher Idiot, fragte sich Roberto, denkt sich so etwas Hirnverbranntes aus? „In diesem Land", meinte er, „muss man wohl mit dem Wahnsinn leben."

Hirnverbrannt? dachte ich. Es war einfach die logische Fortsetzung des digitalen Zwanges, der immer komplizierter wurde und seltsame Blüten trieb.

Marly und Roberto bekamen ein Röhrchen mit Wattestäbchen, fuhren weiter in ein Zelt, konnten im Wagen sitzenbleiben. Durch das Fenster entnahm ein Mitarbeiter eine Probe aus Nase und Rachen. Roberto war wieder mal kurz vorm Kotzen.

Auf der Rückfahrt machten sie einen Stopp am Rhein, in Remagen-Kripp, gegenüber von Linz, um nach dem Eingesperrtsein einen ersten Spaziergang zu wagen. Der aber wurde nach ein paar hundert Metern abgebrochen, weil ein eisiger Wind wehte, der in die Knochen drang.

In der Nacht von Samstag auf Sonntag besuchte ich die Beiden wieder.

Roberto zeigte mir das Formular, das Anweisungen gab, wie man den Befund abrufen konnte. Ich las: „Laden Sie die App im Apple Store oder Google Play Store. Die App ist kostenlos. Richten Sie die App ganz einfach ein. Sie werden dabei in der App angeleitet. Scannen Sie den QR-Code und Sie erhalten eine Benachrichtigung, sobald Ihr Testergebnis vorliegt."

Marly, die sich als Pilotin verdammt gut auskannte mit Smartphone und Internet, verzweifelte. „Wie und wo soll ich dieses verdammte Viereck einscannen? Jeder Versuch ist bisher gescheitert. Es gelingt einfach nicht. Was machen ältere Leute, die sich mit der Digitalisierung überhaupt nicht auskennen? Es ist zum Ver-rücktwerden!"

Sie drohte die Nerven zu verlieren. „Ich gehe jetzt einfach raus", sagte sie. „Schluss, Feierabend!"

„Wir rufen am Montag beim Gesundheitsamt an", wollte Roberto sie beruhigen. „Riskiere nicht die Strafe. Die würde uns ruinieren. Wir müssen bis Sonntagabend in Quarantäne bleiben. Bis zum 14.2. einschließlich. Hilft uns das Gesundheitsamt nicht weiter, schalte ich einen Rechtsanwalt ein."

Er hatte Mühe, Marly zurückzuhalten. Die Nerven lagen blank.

Zu mir sagte er: „Hier bekommst du das Gefühl, in einer Psychiatrie gelandet zu sein! Mit ‚hier' meine ich natürlich nicht Marly, sondern die Verhältnisse, in denen wir bei unserer Rückkehr gelandet sind."

Am Sonntagmittag rief mich Roberto an. „Marly ist weg. Am Morgen fing sie an wie wild zu putzen, wurde erst aggressiv gegen Besen, Staubsauger und Putzlappen, dann gegen mich. Ich bin schweigend auf den Balkon gegangen, habe eine Zigarette geraucht. Als ich ins Wohnzimmer zurückkam, war sie nicht mehr da. Sie hatte ihre Tasche gepackt. Ich weiß nicht, wo sie ist. Sie wird in ihre Wohnung nach Bergheim gefahren sein oder hat sich vielleicht direkt einen Flug nach Brasilien organisiert. Ich weiß es nicht. Auf ihrem Handy kann ich sie nicht erreichen. Ich gehe davon aus, dass sie nach Brasilien zurückfliegt. Ich kann sie verstehen. Das hier ist zu viel für sie. Die Kälte, die Distanziertheit, die Ängstlichkeit, der sklavische Gehorsam, das Eingesperrtsein und jetzt auch noch der digitale Wahnsinn, der die Quarantäne zu verlängern droht."

„Und jetzt?"

„Ich weiß es nicht. Nach Brasilien fliegen kann ich nicht. Die Deutschen lassen mich nicht raus, die Brasilianer erst nach 180 Tagen wieder rein."

„Wäre nicht alles einfacher gewesen, wenn ihr geheiratet hättet? Dann hättest du doch wahrscheinlich in Brasilien bleiben können."

„Heiraten? Wozu denn? Marly hätte ihre deutsche Witwenrente verloren. Was sie in Brasilien als Rente bekommt, ist zu wenig, um das Haus in Porto Alegre zu halten. Und meine Rente ist nicht gerade üppig, reicht mit Not nur für mich. Du weißt ja, dass ich früher lieber in der Welt herumgeturnt bin, statt regelmäßig und geradeaus zu arbeiten. Dass angeblich Mutanten auftauchen und die Deutschen die Brasilianer mit ihrem Einreiseverbot verärgern, konnten wir nicht ahnen. Das ist im Januar passiert, eine Woche bevor ich mein Visum verlängert haben wollte."

„Soll ich rüberkommen?" fragte ich. Roberto musste verzweifelt sein. Kälte, Distanziertheit, sklavischer Gehorsam, Quarantäne, digitaler Wahnsinn und dann verlor die Frau, die er liebte, die Nerven und lief davon.

„Nein, nicht am Tag", antwortete er.

Und dann sagte er zum Ende des Gesprächs den Satz, der mir Angst bereitete: „Die Deutschen lassen einen noch nicht einmal in Würde sterben."

Eine Stunde später sah ich von meinem Balkon aus, wie er aus dem Haus ging, das Garagentor öffnete und mit seinem Wagen davonfuhr.

16

Ich versuchte Roberto anzurufen. Das Handy war ausgeschaltet. Er ist nach Bergheim gefahren, dachte ich zunächst. Dass er das Ergebnis des Coronatests noch nicht hatte, war ihm offensichtlich egal. Auch die Flucht aus der Quarantäne.

Marly war wichtiger. Aber würde er sie überhaupt noch antreffen? Ich fuhr den Computer hoch. Gab es noch Flüge? Ja, es gab sie. Latam, die brasilianische Linie, flog noch am Sonntagabend von Frankfurt nach São Paulo. Die Maschine war gewiss leer, Marly konnte mit dem Zug von Bad Breisig nach Frankfurt gefahren sein und dann direkt zum Check-In. Als Brasilianerin konnte man ihr den Flug nicht verweigern. Statt nach Bergheim konnte Roberto auch zum Flughafen gefahren sein, um Marly sozusagen in letzter Minute zurückzuhalten.

Aber warum, um Himmels Willen, hatte er sein Handy ausgeschaltet? Das war ungewöhnlich. Lässt man nicht gerade in so einem Fall das Handy an, um auf einen Kontakt zu warten? Ich verstand diese Handlungsweise nicht.

Ich verstand so Vieles nicht. Täglich war ich auf der Internetseite der Kreisverwaltung Ahrweiler. Gestern am Samstag waren sechs Neuinfektionen gemeldet worden. Der Kreis hat etwa 120 000 Einwohner. In Zahlen ausgedrückt hatte man 0,005% Infizierte entdeckt. Man testete ja auch wie der Teufel. Die Infizierten liefen aber nicht frei herum, sondern waren in Quarantäne. Aber trotzdem war bis auf Supermarkt, Tankstelle und Apotheke alles dicht und bei Spaziergängen am Rhein war Maskenpflicht. Und in manchen Straßen auch. Polizei und Ordnungsamt kontrollierten streng. Hohe Strafen waren fällig, trug man keine Maske. Freunde mieden sich, Familien besuchten sich nicht. Der Wahnsinn herrschte und ich dachte, Corona ist vor allem auch eine Geisteskrankheit. Wie kann das sein, wenn man 0,005% entdeckt hatte, dass die restlichen 99,995% so drangsaliert wurden?

Die Wahrscheinlichkeit auf Corona zu treffen, lag bei einem Rheinspaziergang so ziemlich bei Null. Ich hätte 20 000 Leuten die Hände schütteln müssen, um dem Virus vielleicht zu begegnen. Die Kontrolleure vom Ordnungsamt wanderten mit sichtlichem Stolz die Promenade entlang und genossen ihre Machtbefugnis. Die hatten mich schon beim ersten Lockdown im März und April geärgert, als das Tennisspielen trotz Abstand von dreißig Metern verboten war und sie die Plätze kontrollierten. Roberto hatte sich auch darüber aufgeregt und dem

Ordnungsamt einen kauzigen Brief geschickt. „Ich bin Künstler, Maler" hatte er geschrieben. „Muss ich bei einem Gruppenbild auf der Leinwand auch den vorgeschriebenen Mindestabstand der Personen einhalten? Man hat ja schließlich auch als Maler Vorbildfunktion. Die Kunst sollte doch auch dem Staat dienen." Sie haben nicht geantwortet. Wahrscheinlich haben sie gemerkt, dass das Verhältnisse wären wie in Nordkorea oder der ehemaligen DDR. Es war zum Heulen. Und jetzt war ausgerechnet Roberto weg und meldete sich nicht, war nicht erreichbar. Ich machte mir Sorgen, dachte über den letzten Satz nach, den er am Telefon gesagt hatte: „Die Deutschen lassen einen noch nicht einmal in Würde sterben."

17

Ich bekam keinen Kontakt zu Roberto. Sein Handy blieb stumm. Dann, am Freitag, den 19. Februar, als ich gegen Mittag auf den Balkon ging, sah ich einen jungen Mann und eine junge Frau vor der Tür des Hauses stehen, in dem Roberto seine Wohnung hatte. Kurz darauf hielt ein Polizeiwagen dort und nur eine Minute später der Wagen eines Schlüsseldienstes. Ich sah, wie einer der Polizisten mehrere Klingelknöpfe drückte, die Haustür öffnete sich. Die fünf Personen verschwanden im Treppenhaus. Ich ging hinüber, wartete vor dem Haus, wollte wissen, was passiert war. Nach fünf Minuten erschien als erster der Mann vom Schlüsseldienst.

„Was ist los?" wollte ich wissen. Er hob die Schulter: „Fragen Sie die Polizei. Ich habe nur die Tür geöffnet."

„Welche? War es im ersten Stock?"

„Ja", antwortete er, ging zu seinem Wagen.

Nach weiteren fünf Minuten erschienen die beiden Polizisten.

„Sie waren in der Wohnung dort rechts im ersten Stock?" fragte ich.

„Warum wollen Sie das wissen?"

„Der dort wohnt, Roberto, ist mein Freund. Wir sind Nachbarn."

Der Polizist, den ich angesprochen hatte, wollte mich schon stehen lassen. Aber sein Kollege sagte: „Warte. Vielleicht bekommen wir ja ein paar Informationen."

Und zu mir gewandt fragte er: „Ist am letzten Sonntag etwas Besonderes geschehen. Haben Sie noch mit ihm gesprochen?"

„Ja, aber sagen Sie mir bitte, was passiert ist."

„Ihr Freund ist in Brohl auf der B9 mit 120 gegen einen Brückenpfeiler gefahren. Dort, wo die Abbiegung auf die 412 nach Niederzissen ist."

„Ein Unfall?"

„Nein. Absicht. In diesem Abschnitt ist eine Geschwindigkeitsbegrenzung von 50 Kilometern pro Stunde. Der Tacho zeigte aber 120. Das kann nur Absicht gewesen sein."

„Und?"

„Was schon!? So einen Aufprall überlebt man nicht."

Ich erzählte ihnen, was ich von jenem Sonntag wusste. Der junge Mann und die junge Frau waren Robertos Sohn und Tochter. Auch mit ihnen habe ich später gesprochen., habe sie bei mir zu einer Tasse Kaffee eingeladen und ihnen von Roberto erzählt. Die Polizei hatte ihre Adresse herausgefunden und sie informiert.

Mit meinem Wagen bin ich danach zu der Brücke gefahren. Spätestens an der Gaststätte ‚Zum Anker' musste Roberto das Gaspedal voll durchgedrückt haben und war dann an der Brücke gegen den Pfeiler auf der rechten Seite gerast. Es musste Absicht gewesen sein. Roberto war ein guter Fahrer. Es lag kein Schnee und es gab auch kein Glatteis. Wer in diesem Abschnitt 120 fuhr, musste etwas vorgehabt haben. Ich fuhr unter der Brücke durch, bog auf die 412 nach Niederzissen und dann auf eine Parallelstraße neben der B9, hielt unmittelbar neben dem Brückenpfeiler. Der Aufprall muss heftig gewesen sein. Am Beton sah man noch die Spuren. Eine ganze Weile verharrte ich dort. Was hatte Roberto gemacht!? Warum? Warum nur?

18

Einen Tag später, am Nachmittag, klingelte jemand an meiner Haustür. Ich öffnete, und dann stand Marly vor mir. „Ist Roberto bei dir?" fragte sie. „Ich kann ihn nicht erreichen."

„Komm rein!" sagte ich. An meiner Miene merkte sie sofort, dass etwas passiert war. Ich konnte mich nicht verstellen. Wozu auch!?

Im Wohnzimmer forderte ich sie auf: „Setz dich!" Sie blieb stehen, legte auch den blauen Wintermantel nicht ab. „Was ist los?" fragte sie. Ich erzählte ihr, was geschehen war. Sie sank in einen Sessel, schlug die Hände vors Gesicht, verharrte so minutenlang, was mir wie eine Ewigkeit vorkam.

„Ich bin schuld", sagte sie schließlich. „Ich hätte nicht gehen dürfen. Chúco-Chúco, Kurzschluss."

„Nein", sagte ich. „Ihr habt beide die Nerven verloren. Aber den Staat kann man deswegen nicht verklagen."

Marly hatte alles nicht mehr ausgehalten. Die Kälte, das Eingesperrtsein, den digitalen Wahnsinn bei dem Versuch den Befund aufzurufen, die Distanziertheit der Menschen, die Angst, die Nachrichten, die sich beide mehrmals täglich angesehen und angehört hatten, die Hoffnungslosigkeit, weil das Spiel mit Viren und Mutanten immer schlimmer wurde und schließlich, weil ihr Land mit im Brennpunkt stand. Sie hatte tatsächlich überlegt, einen Zug zum Frankfurter Flughafen zu nehmen, war dann aber zu einer brasilianischen Freundin nach Köln gefahren.

Am späten Nachmittag sind wir runter zu Edeka, dann mit einem Strauß roter Rosen zu der Brücke. Die Rosen haben wir auf einen Streifen Rasen an dem Pfeiler gelegt, an dem man immer noch die Spuren sah. Abgebröckelter Beton, eine schwarze Fläche, weil der Wagen beim Aufprall in Flammen aufgegangen war. Der Rasen, die Erde vor dem Pfeiler war zerfurcht, Glas, Metallsplitter und zerfetztes Gummi lagen noch herum. Der Geruch von Brand und Benzin schien immer noch in der Luft zu liegen. Trotz der Kälte blieben wir dort schweigend eine Viertelstunde stehen. Als wir zurückgingen zu meinem Wagen, der in Höhe des Brückenpfeilers auf einer wenig befahrenen Parallelstraße zur B9 stand, entdeckte Marly ein Marienamulett und hob es auf. „Das hing am Innenspiegel", sagte sie. Die ganze Zeit, als wir zu meiner Wohnung zurückfuhren, hielt sie es in der Hand, als müsste sie es wärmen und zum Leben erwecken.

„Warum nur ist er mit seinem eigenen Leben so umgegangen?" fragte Marly. „In Porto Alegre ist er morgens immer früh aufgestanden, zum Swimmingpool gegangen, hat nachgesehen, ob Käfer auf der

Oberfläche des Wassers um ihr Leben ruderten. Er hat ein Netz genommen, hat sie herausgefischt. ‚Sie sind winzig', hat er gesagt, ‚aber ein Wunderwerk der Natur, der Schöpfung.' Und ab und zu hatte sich ein Kolibri im Haus verirrt und klebte wie ein Hubschrauber am Glas der Terrassentür. Roberto hat behutsam beide Hände um ihn gelegt und ihn in die Freiheit entlassen."

Am Abend habe ich Marly nach Bergheim gefahren, bin noch am selben Abend wieder zurückgekehrt.

19

Am nächsten Tag, am Nachmittag, klingelte es wieder. Es war Robertos Tochter. Unter dem Arm trug sie eine rote Mappe. „Das haben wir beim Vater auf dem Schreibtisch gefunden", sagte sie. „Ich weiß nicht, was wir damit machen sollen."

Ich schlug die Mappe auf, las das Deckblatt. Roberto hatte geschrieben:

„Arbeitstitel: Maßnahme zur Wiederherstellung der Demokratie – dramatisches Schauspiel".

Ich überflog einige Blätter, las Passagen quer und sah rasch, worum es ging. „Ein heißer Stoff!" sagte ich. „Wenn man das veröffentlicht, gibt es Ärger. Nach meinem Eindruck steht es hier mit der Meinungsfreiheit nicht zum Besten. Denken Sie daran, dass die Stuttgarter Querdenker vom Verfassungsschutz beobachtet werden. Bloß weil sie eine andere Einstellung zu Corona haben. Es gibt zwar ein altes, deutsches Volkslied ‚Die Gedanken sind frei', aber da bin ich mir nicht mehr so sicher."

Sie ließ das Manuskript bei mir. Als sie gegangen war, las ich es Blatt für Blatt durch. Roberto hatte sich Schillers ‚Wilhelm Tell' zum Vorbild genommen, wahrscheinlich auch Schillers ‚Räuber'. Aber bei Roberto ging es nicht mehr mit Axt, Spieß und Armbrust zur Sache, sondern mit Panzern, Computern und Fernsehsendern. Roberto hatte als Schauspiel einen Putsch konstruiert. Er musste sehr zornig und verzweifelt gewesen sein. Marly erzählte mir später:

„Er hat Tag und Nacht geschrieben, gar nicht mehr gemerkt, dass er in Quarantäne war. Manchmal hatte ich das Gefühl, dass ich ihn störe. Aber das hat er immer abgestritten, wenn ich ihm das sagte. Dann ist er vom Schreibtisch aufgestanden, hat mich in den Arm genommen, gesagt: ‚Nein, so ist es nicht. Ohne dich wäre ich jetzt verloren.‘"

Ob das so funktioniert hätte, wie es sich Roberto ausgedacht hatte? Wohl kaum. Aber die Idee war bemerkenswert. Da baut sich ein General ein Netzwerk mit Gleichgesinnten auf, lässt mit einer falschen Information eine Panzerbrigade vor das Bundeskanzleramt auffahren, genau zu der Zeit, als sich die Kanzlerin dort mit den Ministerpräsidenten der Länder aufhält, um eine Verlängerung des Lockdown zu beschließen. Die falsche Information war, es hätte sich eine Gruppe islamistischer Terroristen eingeschlichen. Die Kanzlerin und die Ministerpräsidenten müssten evakuiert und in Sicherheit gebracht werden. Da es keine Terroristen gab, wurde die Regierungstruppe ohne Zwischenfall in einen Bus geleitet und sinnigerweise nach Weimar, also in die deutsche Kulturhauptstadt gefahren. Hier wurden sie im Hotel ‚Elephant‘ in Einzelzimmer gesperrt. Robertos Satz: „Nun dürft ihr mal am eigenen Leib erfahren, wie Lockdown und Quarantäne sind", konnte man eine gewisse Genugtuung entnehmen. Er hatte an viele Einzelheiten gedacht. So mussten die Regierenden etwa ihre Handys im Konferenzraum zurücklassen. Angeblich damit die Terroristen keine Standorte ermitteln konnten. Auch für die gleichzeitige Besetzung von Fernseh- und Radiosendern war gesorgt. Nach dem Coup erfolgte die Aufklärung durch den General. Er sagte dem Volk:

„Ich gebe euch die Freiheit wieder. Wenn ihr weiter Masken tragen wollt, tragt sie. Wenn nicht, lasst sie weg. Wollt ihr zu Hause bleiben, bleibt zu Hause. Wenn nicht, geht raus. Ab jetzt ist alles wieder geöffnet. Was ihr jetzt erlebt, ist nur eine Übergangsregierung. Wir brauchen keine 800 Parlamentarier. Das Leben läuft auch ohne die normal weiter. In einem Jahr gibt es freie Wahlen."

Roberto hatte sich auch Gedanken gemacht, wie die anderen Staaten reagieren würden. „Die werden protestieren, aber dann nur darauf achten, dass so etwas nicht im eigenen Land passiert", ließ er die Verschwörer sagen.

Interessant war die Figur des Generals. Roberto hatte sich Platons ‚Staat' zum

Vorbild genommen. Der General war ein Mann von hoher Ethik und Vernunft.

Ich bezweifelte sehr, ob das so funktionieren würde, wie Roberto es sich ausgedacht hatte. Die Gefahr eines Bürgerkrieges hatte er völlig ausgeklammert. Und noch einiges mehr. Mit seinem Schauspiel hatte er nur ein Ventil für den eigenen Zorn gefunden. Ich überlegte, ob man so etwas veröffentlichen durfte. In Deutschland nein, in Frankreich eher. Ich dachte an Michel Houellebecq's Roman ‚Unterwerfung'.

Am Abend rief ich Robertos Tochter an und sagte: „Nein, ich veröffentliche es nicht. Solche finsteren Ideen darf man nicht freilassen. Das ist mir zu heiß. Ich möchte nicht vom Verfassungsschutz beobachtet werden oder andere, noch schlimmere Scherereien haben. Aber in Erinnerung an Ihren Vater verwahre ich das Manuskript gerne."

Ich hatte das Manuskript in eine Schublade gelegt, aber irgendwie verfolgte es mich in meinen Träumen. Da standen all die Figuren in einer langen Impfschlange. Es war wie im magischen Theater von Hesses ‚Steppenwolf'. Die Überschriften jagten sich. ‚Spahn stirbt nach Impfung, Merkel flieht nach Paraguay, von der Leyen erleidet Allergieschock, Kramp-Karrenbauer imitiert Schimpansen, Lauterbach auf Intensivstation, Söder in Ziege verwandelt, Drosten testet ihn positiv, Wieler bekommt Sprachlähmung'.

Zuvor waren sie kerngesund gewesen und hatten große Reden geschwungen. Aber nach der Impfung, in die sie ein Volk hineinzwangen und sich selbst unter notarieller Aufsicht impfen ließen, ging es bergab. Das Impfen hatte Roberto in seinem Schauspiel nicht erwähnt, nicht davon gesprochen, dass sie die Impfstoffe im Eilverfahren durchgewinkt hatten, statt Medikamente zu entwickeln. Schweißgebadet wachte ich aus diesen Träumen auf. Denn es war zu befürchten, dass man das Land nur noch verlassen konnte, wenn man einen Impfpass vorlegte. Tatsächlich häuften sich in aller Welt die Impftoten. Besonders krass war der Fall Gibraltar. Da hatte es vor der Impfkampagne bei 32 000 Einwohnern in einem Jahr nur 17 Corona-Tote gegeben. Unmittelbar nach der Impfung waren es 53.

Ja, die Sache mit Roberto verfolgte mich bis in den Traum. Einmal stand ich vor dem Richter. „Ich verurteile Sie wegen Verunglimpfung des deutschen Staates zu 25 000 Euro Strafe."

„Ja, machen Sie!" hörte ich mich sagen. „Hesse hat im ‚Steppenwolf' übrigens beschrieben, wie man Automobile beschießt. Er hat den Nobelpreis bekommen."

„Heute nicht mehr. Äh, ich wollte sagen, Sie sind zu weit gegangen."

„Mit Arschlöchern wie Ihnen rede ich nicht mehr."

Da schlug er mit dem Hammer auf den Tisch. „Sechs Monate Gefängnis!"

„Danke, so etwas kenne ich noch nicht."

20

Ach ja, Roberto! Es war ein großer Verlust. Ich erinnerte mich an die Stunden auf einer Bank am Rhein, wenn er erzählte. Einmal saßen wir zum Beispiel da mit zwei Flaschen Bier, hatten aber keinen Öffner.

„Macht nichts", sagte er und köpfte die Kronkorken mit dem Feuerzeug. „Kann teuer werden, wenn so etwas nicht klappt", meinte er und brachte dazu eine Geschichte. „Weißt du, ich machte einmal einen Kollegiumsausflug nach England, Canterbury. Abends in Bochum in den Bus, am Morgen bei ziemlich schlimmem Novemberwetter Ankunft in Canterbury. Ich habe keine Lust, Museen zu besuchen, ich gehe in ein Hotel", sagte ich zu der schönen Betty. „Ich komme mit", sagte die. An der Hotelbar haben wir Tequila getrunken, danach das Bett ruiniert. Bei der Rückreise, auf der Fähre nach Calais, hatte Betty an Deck zwei Flaschen Bier, aber keinen Öffner. ‚Mach es mit dem Feuerzeug!' forderte mich Betty auf. Ich konnte es nicht. Da hat sie mich verspottet. Am Morgen, zurückgekehrt nach Bochum, sollte ich mit ihrem Wagen, einem Opel Corsa, Brötchen holen, fand aber den Rückwärtsgang nicht, um aus der Parklücke herauszukommen. Statt sie zu fragen und mich noch einmal beschämen zu lassen, rührte ich im Getriebe herum und wusste nicht, dass man am Schaltknüppel einen Ring hochziehen musste. Das Getriebe ging kaputt. Dreitausend Mark hat mich die Geschichte gekostet. Danach habe ich geübt, wie man Kronkorken mit dem Feuerzeug köpft."

Er erzählte auch, wie schön das sei, mit zwei Frauen im Bett zu liegen. „Ist die eine unter der Dusche, wendest du dich der anderen zu. Herrlich!"

Mit einer Studentin, die dreißig Jahre jünger war als er, war er einmal auch mit dem Zug nach Sizilien gefahren. Auf den Spuren Goethes, der dort unter einem Orangenbäumchen von der Königstochter Nausikaa geträumt hatte. Jetzt war Roberto tot, der Welt verloren, mir verloren.

Unvergessen auch die Stunden, Tage, Wochen, Monate auf dem Jakobsweg. Einmal, das war in Frankreich, in Lavout Chilhac, waren wir in einer kleinen romanischen Kirche. Roberto saß still auf einer Bank und fing plötzlich an zu heulen. Später saßen wir draußen am Fluss Allier, sahen auf die Kirche, die wie auf einer Insel in einer Flussschleife liegt. Roberto war wie gebannt, konnte sich nicht lösen. Ich hatte große Mühe, ihn zum Aufbruch zu bewegen. „Ich weiß nicht, was früher passiert ist", sagte er.

Von solchen Geschichten gab es viele. Mehr und mehr wurde mir bewusst, was ich verloren hatte. Ich verstand nun, was in ihm vorgegangen war. Nach der Schönheit, Wärme und Herzlichkeit Brasiliens war er in deutsche Quarantäne geraten. Und dann hatte auf einmal sein letzter Halt, Marly, die Amazonas-indianerin, die Nerven verloren und er auch. Er wird nicht mehr nachgedacht haben, hatte einfach das Gaspedal durchgedrückt und den Wagen gegen den Pfeiler gelenkt. Das waren Sekunden gewesen, in denen eine schlimme Entscheidung fiel. So weit konnten einen die Verhältnisse treiben.

21

Marly wird ihre Wohnung kündigen, alles bis auf einen Koffer, den sie mitnimmt, zurücklassen und den nächsten Flug nach Brasilien buchen. Sie wird nicht mehr nach Deutschland zurückkommen.

Und ich selbst? Ich werde warten, bis man nicht mehr im eigenen Land eingesperrt ist, habe die Hoffnung, dass dies vor den Wahlen im Herbst geschieht, auch wenn man uns einredet, die Mutanten würden immer gefährlicher. Wie von Zauberhand werden die Zahlen des RKI zurückgehen und die Regierung behaupten, sie hätte uns sicher durch eine Krise geleitet. Ich werde dann nach Porto

Alegre fliegen, bei Marly wohnen. Eine Beziehung mit ihr? Nein. Marly wird nicht aufhören, um Roberto zu trauern.

Ob ich mich in eine ihrer Freundinnen verlieben werde? Kitty, Miriam, Giovanna. Ich weiß es nicht. Auf jeden Fall will ich in Brasilien bleiben. Ich möchte dem Wahnsinn hier entfliehen, bevor Mutanten und Turboviren nach den Wahlen wieder die Macht ergreifen. Ich fragte mich: Selbst wenn der Lockdown beendet würde, welche psychischen Verstörungen, Zerstörungen, Deformationen würden bleiben? Zum normalen Leben zurück, so wie es vorher einmal war, das würde nicht funktionieren. Es bliebe für immer ein Rest von Misstrauen, Neigung zu Hysterie und Panik, zu sklavischem Gehorsam, zu einer vorauseilenden Obrigkeitshörigkeit, zu Distanziertheit. Das Social Distancing würde wie eingraviert seine Spuren hinterlassen. Die Gesellschaft wäre wie eine Herde geschorener Schafe. Sie hatten den Gehorsam gelernt und würden ihn beibehalten. Die Regierenden wussten das und würden jederzeit die Peitsche wieder schwingen können. Mich erfasste ein Ekel, wenn ich daran dachte, wie sie sich im Sommer vor den Wahlen brüsten würden, einen sicher durch eine Pandemie geleitet zu haben. Ich sehnte mich nach der Wärme und Herzlichkeit einer anderen Welt, so wie mir Roberto davon berichtet hatte. Deutschland machte mir Angst.

Was hatte Stefan Zweig in seinem Buch ‚Brasilien – Land der Zukunft' geschrieben, 1941, als er vor den Nazis in das brasilianische Petropolis geflohen war?

„Wer Brasilien wirklich zu erleben weiß, der hat Schönheit genug für ein halbes Leben gesehen."

Ja, wie ich von Roberto weiß, ist Brasilien schön. Deutschland ist es auch. Aber hier stimmt nichts mehr. Ich werde Portugiesisch lernen. Ein paar Ausdrücke kann ich schon. ‚Puta merda' sage ich, wenn ich die Regierenden sprechen höre und die Menschen mit ihren Masken sehe, die sie auch beim Spazieren gehen, beim Joggen, beim Fahrradfahren und im Auto tragen. ‚Uffa!', den Ausdruck des Erstaunens, werde ich sagen, wenn ich ausnahmsweise einmal eine Stimme der Vernunft vernehmen sollte.

Veröffentlichung von Romanen und Erzählungen. Publikationen zum Jakobsweg und auch anderen Pilgerwegen u.a. ‚Via Hildegardis'. 1996 Förderpreis zum Literaturpreis Ruhrgebiet. 2000 erschien im Leipziger Militzke-Verlag mit ‚Pandoras Schatten' der erste Roman.

Website: www.ruediger-schneider.net

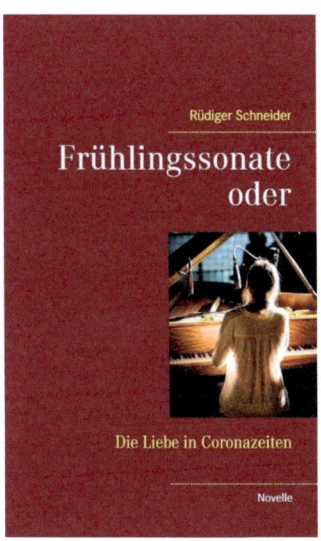

‚Frühlingssonate oder Die Liebe in Coronazeiten',
Novelle, 140 S., ISBN 9783735740588, erschienen
2020

Zoltan Dragovic schlägt sich als Klavierlehrer
durchs Leben. Aber trotz seines schmalen Budgets
besucht er regelmäßig Konzerte. Bei einem, es ist
Schumanns Klaviersonate in a-Moll, verliebt er sich
in die Starpianistin Taryn O`Brian. Er komponiert
eine Sonate für sie. Aber wie kann er die Noten
überreichen? Er hat weder Adresse noch
Telefonnummer. Da kommt ihm die Corona-Krise
zu Hilfe. Bei einem Konzert, das sie im Koblenzer
Görreshaus gibt, spielt sie vor nur drei Zuhörern.
In der Pause treffen sie sich im Foyer. Es ist der
Anfang des Kennenlernens und der Anfang einer
Geschichte, in der trotz oder gerade wegen der
Kontaktsperre Musik, Liebe und Widerstand die
Regie übernehmen.

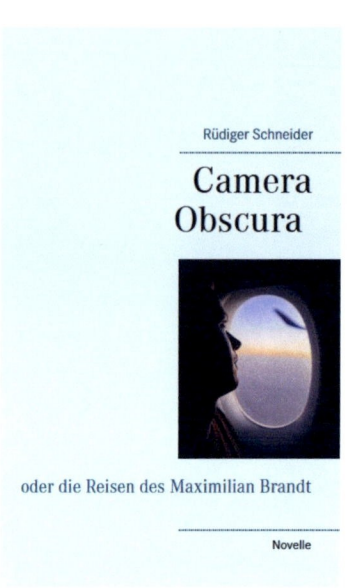

'Camera Obscura oder die Reisen des Maximilian Brandt' – Novelle, 96 S., ISBN 9783750486942, erschienen 2020

Maximilian Brandt reist um die Welt. Im Gepäck hat er kleine, schwarze Filmdosen, die er als Camera Obscura an ausgesuchten Plätzen unauffällig mit einem Kabelbinder anbringt. Zu Hause in der Dunkelkammer entwickelt er die Fotos, erlebt bei einem Bild eine große Überraschung.

Schrödingers Katze - Bekenntnis eines wilden
Herzens', Novelle, 128 S. ISBN 9783751990004,
erschienen 2020

Josef Schrödinger steckt in einem Dilemma. Er liebt
zwei gegensätzliche Frauen. So wie dereinst
Friedrich Schiller die Schwestern Charlotte und
Caroline von Lengefeld. Gibt es eine
Dreiecksbeziehung, eine 'ménage à trois'?

Samba Brasiliana – Bekenntnis eines wilden Herzens II, 64 S., ISBN 9783752611595, erschienen 2020

Josef Schrödinger ist verzweifelt. Bei dem Versuch eine ménage à trois zu installieren, hat er beide Frauen verloren. Doch bevor er sich dem Portwein hingibt, erscheint der rettende Engel buchstäblich aus den Wolken. Mit ihrer Cessna 400 kommt seine brasilianische Freundin von Porto Alegre und landet beim Aeroclub Mönchengladbach.